LES NAUFRAGÉS DU BATAVIA

Dans la nuit du 3 au 4 juin 1629, le *Batavia*, orgueil de la Compagnie hollandaise des Indes orientales, fit naufrage en bordure d'un archipel de corail, à quelque quatre-vingts kilomètres du continent australien. Trois cents rescapés parvinrent à rejoindre quatre îlots, mais la tragédie ne s'arrêta pas là. Ceux qui survécurent tombèrent sous la coupe de l'un des leurs, Jeronimus Cornelisz, un psychopathe à la fois autoritaire, lâche et sanguinaire qui, en trois mois, réussit à massacrer les deux tiers des survivants… En son temps cette tragédie du *Batavia* frappa l'imagination du public, plus encore que ne pourra le faire le naufrage du *Titanic* au XXe siècle.

Le second volet de ce livre, *Prosper*, relève d'une tout autre inspiration. L'auteur y relate une expérience de jeunesse : embarqué pour la durée d'un été sur un thonier breton – un des derniers voiliers de pêche – il s'est trouvé initié au métier de la mer dont il décrit les usages, les épreuves et les dangers. Il a fixé ici le souvenir de compagnons fraternels et de leur monde maintenant disparu.

Ces deux récits d'inspiration différente, riches en aventures et en émotions, composent un superbe hommage aux marins et à un océan qui peut se révéler aussi cruel que grandiose.

Simon Leys est notamment l'auteur de Les Habits neufs du président Mao *(1971),* Orwell ou l'Horreur de la politique *(1984),* La Mort de Napoléon *(1986),* L'Humeur, l'Honneur, l'Horreur ; essais sur la culture et la politique chinoises *(1991) et récemment de* Protée et autres essais, *chez Gallimard, qui a reçu le prix Renaudot de l'Essai (2001).*

Simon Leys

LES NAUFRAGÉS DU BATAVIA

suivi de

PROSPER

RÉCITS

Arléa

Un remerciement tout particulier à Michel Crépu,
qui a publié « Les Naufragés du Batavia » dans le numéro 2486
de la *Revue des Deux Mondes*.

TEXTE INTÉGRAL

ISBN 2-02-065435-0
(ISBN 2-86959-623-5, 1re publication)

www.seuil.com

Pour Hanfang

LES NAUFRAGÉS DU BATAVIA

– Anatomie d'un massacre –

Tout ce qu'il faut pour que le mal triomphe,
c'est que les braves gens ne fassent rien.

Edmund Burke

Liminaire :
« Le livre qui ne fut pas[1] »

Il vous est venu une superbe idée dont vous rêveriez de faire un livre ? Ne vous empressez pas de passer à l'exécution ; ce n'est pas nécessaire, car vous pouvez être sûr que, tôt ou tard, quelqu'un d'autre aura la même idée... et en fera un usage parfait.

Je vous parle d'expérience. Il y a dix-huit ans que je caressais le projet d'écrire l'histoire des naufragés du *Batavia.* J'ai collectionné à peu près tout ce qui se publiait sur le sujet ; puis j'ai fait un séjour aux îles Houtman Abrolhos, site du naufrage. Au cours des années, j'ai continué à accumuler les notes, mais sans jamais me résoudre à écrire la première page de ce fameux ouvrage en gestation qui, dans l'imagination de plus en plus sarcastique de mes proches, commença tout dou-

1. L'expression est empruntée à Victor Segalen qui s'en est servi au commencement de *René Leys* : « Je ne saurai donc rien de plus. Je n'insiste pas : je me retire... respectueusement et à reculons [...] C'est par cet aveu – ridicule ou diplomatique –, que je dois clore ce cahier dont j'espérais faire un livre. Le livre ne sera pas non plus. (Beau titre posthume à défaut du livre : *Le livre qui ne fut pas* !) »

cement à prendre une dimension mythique. De temps à autre, il m'arrivait d'apprendre qu'un nouveau livre venait de paraître sur mon sujet ; j'en avais une sueur froide, et je me précipitais dessus en tremblant. Mais non, ce n'était qu'une fausse alerte ; je m'apercevais bien vite, avec soulagement, que l'auteur avait encore une fois manqué la cible – ce qui renforçait mon faux sentiment de sécurité. Une ou deux fois cependant, je sentis passer le vent du boulet – mais je ne sus pas en tirer la leçon.

Enfin Mike Dash vint. Avec son *Batavia's Graveyard* (Weidenfeld & Nicolson, Londres[1]), cet auteur-ci a vraiment mis dans le mille – et il ne me reste plus rien à dire. Dash démêle et organise clairement les fils complexes des personnages et des événements ; il les situe dans leur contexte historique, et surtout, il a accompli un prodigieux travail de détective dans les archives hollandaises de l'époque. Après avoir lu et relu cette synthèse définitive, j'ai remisé une fois pour toutes la documentation et les notes, photos et croquis que j'avais glanés sur cette affaire dans les bibliothèques et sur le terrain : je n'en aurai plus jamais besoin. Et maintenant, en publiant les quelques pages qui suivent, mon seul souhait est qu'elles puissent vous inspirer le désir de lire son livre.

Juin 2002

1. Traduit en français sous le titre *L'Archipel des hérétiques*, Lattès, 2002.

CARTE DE LA ROUTE DES NAVIRES VOC À TRAVERS L'OCÉAN INDIEN

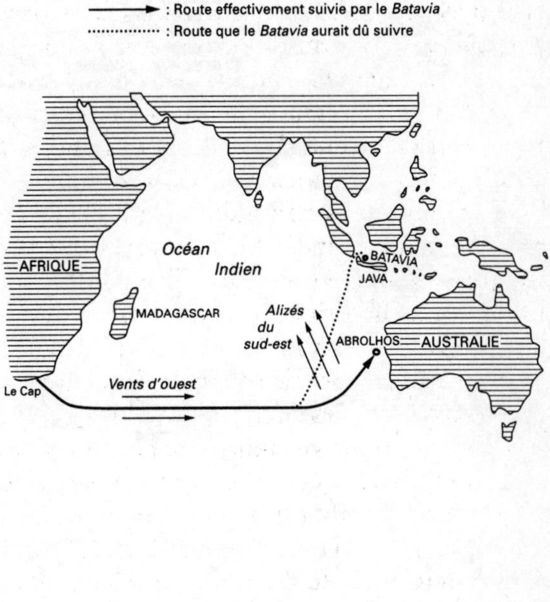

ARCHIPEL DES HOUTMAN ABROLHOS
(groupe septentrional)

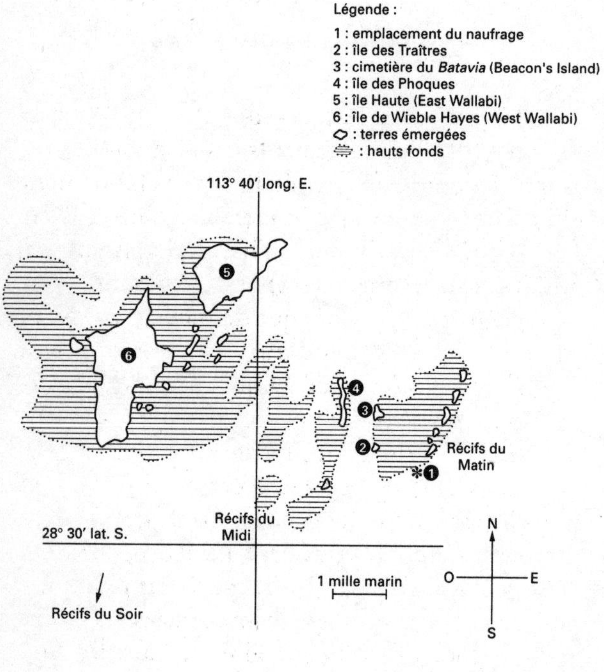

θάλασσα κλύζει πάντα τἀνθρώπων κακά*

Pendant trois siècles – de la fin du XVe à la fin du XVIIIe – les navigateurs occidentaux explorèrent le monde et permirent le développement d'immenses empires commerciaux ; mais il est stupéfiant de constater qu'ils accomplirent ces prodigieuses entreprises en ne disposant, pour calculer leur navigation, que de moyens primitifs et dérisoires ; aujourd'hui, tout marin qui devrait faire route guidé seulement par des informations aussi rudimentaires serait justement épouvanté. Ils s'approchaient d'atterrages inconnus et dangereux sans cartes ni pilotes, et c'est littéralement en aveugles qu'ils traversaient les océans. Ils ne pouvaient jamais déterminer leur position avec certitude, car il leur manquait toujours une moitié des coordonnées : s'il leur était encore relativement aisé de calculer leur latitude (pourvu que le soleil et l'horizon soient visibles, cette information peut s'obtenir par une observation assez élémentaire), en revanche, en ce qui concerne la longitude, ils en étaient réduits à des estimations dangereusement imprécises. (Cette ignorance ne fut finalement dissipée que grâce à l'invention anglaise du chronomètre de marine, mais l'usage de cet instrument essentiel ne commença à se répandre que tout à la fin du XVIIIe siècle[1].)

Durant les deux cents ans de son existence, la Compagnie hollandaise des Indes orientales (Verenigde Oostindische Compagnie – VOC en abrégé), véritable état dans l'État, avec ses colonies, ses gouverneurs, ses diplomates, ses magistrats et son armée, constitua la plus puissante organisation commerciale du monde. La prospérité de la Compagnie était fondée sur les épices que sa flotte lui rapportait de ses comptoirs d'Insulinde. Les navires de la VOC étaient de lourds et puissants trois-mâts à double coque de chêne que les chantiers hollandais produisaient sans trêve, avec une célérité qui pouvait à peine répondre à une insatiable demande (le *Batavia*, géant de son époque, fut achevé en six mois). Malgré leur robustesse, ces bâtiments n'avaient généralement qu'une assez brève carrière : même ceux qui réchappaient des périls de la mer pouvaient rarement survivre aux fatigues de plus d'une demi-douzaine de voyages aller-retour en Orient. La traversée de 15 000 milles marins jusqu'à Java (plus des deux tiers de la circonférence du globe) durait environ huit mois – quand elle se déroulait sans encombre majeur.

1. Sur ce sujet, il faut lire l'ouvrage magistral et passionnant de Dava Sobel, *Longitude*, Walker & Co, New York, 1995 (traduction française, Lattès, Paris, 1996).

Ces massifs voiliers à panse ronde, lents et peu manœuvrants (ils répondaient mal au gouvernail, et il fallait utiliser toutes les ressources de la voilure pour réussir à les faire virer de bord), se traînaient à une vitesse moyenne de deux nœuds et demi (4,5 km/h). Mais comme, sur les marchés occidentaux des épices, le temps était de l'argent, la VOC imposait à tous ses capitaines un itinéraire qu'avait perfectionné l'expérience, et qui comportait certains détours – car, à la voile, la route la plus rapide coïncide rarement avec le chemin le plus court : il s'agit avant tout d'éviter les zones de calme et de chercher les régions où l'on peut compter sur des vents constants et favorables. Ainsi, après le cap de Bonne-Espérance (la seule escale prévue, pour renouveler les provisions d'eau et embarquer des vivres frais), au lieu de se diriger directement vers Java en passant au nord de Madagascar, les navires descendaient d'abord vers le sud, presque jusqu'à la limite de l'océan Austral, pour profiter des puissants vents d'ouest qui tournent tout autour du globe à partir du quarantième parallèle – « les quarantièmes rugissants ». Poussés rapidement par le vent et le courant, ils faisaient route à l'est, jusqu'à ce qu'ils eussent estimé avoir à peu près atteint la longitude du détroit de la Sonde ; arrivés à ce point hypothétique que rien, au milieu d'un océan vide, ne leur permettait de reconnaître avec certitude, ils changeaient de direction et, bénéficiant alors des alizés du sud-est, naviguaient au grand largue, cap au nord, pour rallier Java, encore distant de quelque 2 000 milles. Toutefois, si ce changement de cap survenait trop tard – et les erreurs d'estimation étaient fréquentes, car la force du vent et du courant amenait des navires à couvrir une distance souvent très supérieure à celle que leur médiocre vitesse apparente aurait pu faire supposer – les conséquences étaient parfois fatales, car ils se retrouvaient alors confrontés à l'une des côtes les plus inhospitalières qui soient, celle de l'Australie occidentale, qui oppose sur des centaines de milles, sans interruption ni abri naturel, ses murailles abruptes à la violence de l'océan Indien. Tout bateau qui approche de cette terre dans la nuit, ou qui s'y trouve poussé par une fraîche brise de mer, risque de ne pouvoir s'en dégager à temps ; à plus forte raison, ces pesants voiliers à gréement carré, incapables de virer rapidement, se voyaient alors implacablement drossés contre les falaises. Aussi la consigne de sécurité que la VOC donnait à tous ses capitaines était d'éviter absolument les abords de cette *Terra Australis incognita* aux contours encore incertains. Les Hollandais qui avaient été les tout premiers navigateurs occidentaux à découvrir l'existence de ce rivage hostile ne cherchèrent jamais à mieux le connaître, ayant rapidement jugé qu'il n'y aurait rien de bon à en tirer : non seulement ses approches étaient périlleuses, mais ses ressources paraissaient nulles – il n'y avait même pas moyen d'y relâcher pour faire le plein d'eau – et d'ailleurs, sa population arriérée, misérable et clairsemée n'aurait jamais pu alimenter l'activité du plus miteux des comptoirs.

Mais malgré les instructions qu'ils avaient reçues, tant que les navigateurs demeurèrent incapables de calculer leur longitude, ils continuèrent à être exposés au danger d'une rencontre involontaire avec le continent australien. En deux cents ans, de tous les navires partis pour l'Insulinde, un sur cinquante n'arriva jamais à destination (et, au retour, un sur vingt ne regagna jamais la Hollande). La plupart de ces disparus ne laissèrent aucune trace ; on devine seulement que beaucoup se perdirent sur la côte australienne, mais il est impossible d'en déterminer le nombre exact, car seuls quelques-uns de ces naufrages ont pu être précisément localisés et identifiés, parfois avec des siècles de retard. Ainsi, par exemple, un mystère entoura longtemps le sort du *Zuytdorp* : il avait quitté le Cap en 1712 à destination de Batavia, mais nul ne le revit jamais. Deux cents ans plus tard, en 1927, un berger australien découvrit au sommet d'une falaise sauvage divers objets rongés par l'âge et par la rouille, mais encore clairement marqués : ils avaient appartenu à des membres de l'équipage du navire perdu ; et peu après, en effet, des plongeurs retrouvèrent parmi les récifs en contrebas ce qui restait de son épave. Manifestement, après le naufrage, un certain nombre de rescapés avaient réussi à escalader la falaise, puis à survivre tout un temps dans ces lieux désolés.

Peut-être furent-ils finalement adoptés par une tribu aborigène de la région ? Un groupe local de ces indigènes présente, aujourd'hui encore, des traits génétiques qui, semble-t-il, ne pourraient guère s'expliquer que par un apport de sang hollandais.

Cependant, ces naufrages ne s'engloutirent pas tous dans le même oubli. En fait, le tout premier, celui du *Batavia* qui sombra en 1629 sur un récif des Houtman Abrolhos, un groupe d'îlots de corail, à quelque 80 kilomètres au large du continent australien, est aussi resté le plus célèbre et le mieux documenté de tous. Les quelque trois cents rescapés du naufrage, réfugiés sur quatre îlots, tombèrent sous la coupe d'un des leurs, un psychopathe qui les soumit à un régime de terreur ; ce personnage, secondé par quelques acolytes qu'il avait réussi à séduire et endoctriner, entreprit de massacrer les autres naufragés de façon progressive et méthodique, n'épargnant ni les femmes, ni les enfants. Trois mois plus tard, comme il avait déjà liquidé plus des deux tiers de ces malheureux, il fut interrompu dans sa bizarre boucherie par l'arrivée inopinée d'un navire envoyé de Java avec des secours. Le meneur et ses principaux complices furent exécutés sur place, après avoir été dûment interrogés, torturés et condamnés dans les formes et selon les procédures prescrites par la loi hollandaise. Les actes du procès – minutes des interrogatoires, dépositions des témoins – furent soigneusement conservés. À ces documents vinrent encore s'ajouter des rapports intérieurs de la VOC, ainsi que les mémoires rédigés immédiatement après ces événements par deux des principaux rescapés. Un livre qui rassemblait l'essentiel de ces informations parut moins de dix ans plus tard, et devint immédiatement un best-seller plusieurs fois réimprimé et piraté (il fut même suivi d'une fragmentaire adaptation française[1]). On peut dire sans exagération que, en son temps, la tragédie du *Batavia* frappa l'imagination du public plus encore que ne pourra le faire le naufrage du *Titanic* au XXe siècle ; la comparaison vient d'ailleurs naturellement à l'esprit, car il s'agissait dans l'un et l'autre cas d'un navire qui, ayant incarné l'orgueil et la puissance de son âge, sombra lors de son tout premier voyage[2].

Avec le passage des siècles, toutefois, le souvenir de ce sinistre épisode s'était progressivement effacé des mémoires quand, en 1963, un plongeur, guidé par les indications d'une remarquable historienne de la région, redécouvrit

1. Jan Jansz, *Ongeluckige Voyagie van't Schip Batavia* (d'après le Journal de F. Pelsaert et augmenté du mémoire de G. Bastiaensz : Amsterdam 1647, 1653, 1665 ; et M. Thévenet : *Relations de divers voyages curieux*, vol. I, Paris, 1663).

2. Proportionnellement, le désastre du *Batavia* fit en fin de compte beaucoup plus de victimes ; mais paradoxalement, beaucoup moins d'entre elles périrent du fait du naufrage lui-même. Sur le *Titanic*, des passagers commirent des crimes pour se sauver ; du moins ces vilenies présentent-elles encore un sens. En revanche, les massacres du *Batavia* ne répondirent à aucune nécessité, et c'est bien cela qu'ils ont de plus effrayant.

l'épave[1]. Des campagnes d'exploration systématiques suivirent bientôt cette découverte et permirent au fil des années de repêcher d'importants morceaux de la charpente de l'arrière du navire (en fait, presque tout le château, de la quille au pont supérieur), ainsi qu'une partie de la cargaison, dont tout un portail en pierres de taille démontées, qui avait été destiné à la citadelle de Batavia. Ce double ensemble – le château arrière du navire et le portail remonté – domine aujourd'hui dans toute sa majesté la plus grande salle du musée maritime de Fremantle ; ce même musée abrite également les riches – et macabres – produits des fouilles archéologiques qui furent ensuite menées dans les îles : ustensiles variés, armes, tessons, et surtout, ossements de plusieurs victimes des massacres. Le *Batavia* redevint ainsi d'actualité, et ce renouveau d'intérêt suscita à son tour toute une série de publications : articles et livres, monographies spécialisées, vulgarisations journalistiques, récits romancés, et même l'une ou l'autre tentative d'adaptation scénique et cinématographique. Et maintenant, le livre de Mike Dash qui vient de paraître – et d'où est reprise pour une bonne part l'information de la présente relation – n'est pas seulement le dernier

1. Un pêcheur des Abrolhos qui me donna l'hospitalité durant mon séjour dans les îles m'a affirmé que l'emplacement de l'épave était bien connu des pêcheurs dès le début des années cinquante ; mais aucun des membres de cette petite communauté fermée n'en avait jamais parlé à l'extérieur, redoutant le remue-ménage et les incursions d'étrangers qu'une pareille révélation n'aurait pu manquer d'entraîner.

en date des ouvrages consacrés au naufrage du *Batavia*, il restera aussi (on l'a indiqué en commençant), le travail définitif sur la question. Bien entendu, il est à craindre que romanciers et scénaristes continuent à se sentir inspirés par un drame dont tous les éléments – décor exotique, aventure, naufrage, violence, sexe, terreur, suspense, sauvetage in extremis – semblent avoir été spécialement conçus pour Hollywood, mais je pense que leurs efforts seront rendus vains pour une raison que Dash a eu lui-même le mérite de percevoir : dans une pareille histoire, nulle imagination ne pourra jamais rivaliser avec la nue réalité des faits.

Sans la présence d'un criminel supérieurement doué, il est évident que les aberrantes atrocités qui suivirent le naufrage du *Batavia* n'auraient jamais eu lieu. Ce facteur-là fut décisif, mais il était aussi imprévisible. À côté de cela, il faut signaler l'existence d'un autre facteur, institutionnel et permanent celui-ci, qui ne contribua pas peu au désastre – et il s'agit de la façon dont le commandement était exercé sur les navires de la VOC. Suivant l'usage général de la Compagnie, l'autorité suprême était détenue à bord non pas par un marin, mais par un terrien, un haut fonctionnaire dont l'expérience et les compétences étaient d'ordre purement administratif, politique et commercial, et qui portait le titre de subrécargue (*opperkoopman*). Toutes les responsabilités proprement nautiques – navigation, manœuvre, relations avec l'équipage –

incombaient à son subordonné, le patron (*schipper*), secondé lui-même par un premier timonier (*opperstuurman*) et les deux assistants de celui-ci. Le patron n'était donc pas un capitaine au sens moderne du mot ; il était certes un marin expérimenté (la VOC n'aurait jamais confié ses précieux navires à des novices !) mais pour le reste, il n'avait en général reçu qu'une éducation rudimentaire, sinon nulle – le caractère encore très primitif de la navigation astronomique ne requérait d'ailleurs guère de connaissances théoriques. Surtout, il n'était pas « seul maître à bord après Dieu » : il était seulement maître après le subrécargue.

Le navire était donc dirigé par une sorte de dyarchie boiteuse : le subrécargue commandait au patron, mais il manquait à ses ordres l'autorité que seul un marin eût pu leur conférer ; le patron obéissait au subrécargue, mais tout en se sachant plus compétent que lui. Pareille situation était naturellement source d'incertitude et de frictions. Sur le *Batavia*, cet état de choses se trouvait encore envenimé par une extrême incompatibilité de tempérament entre les deux hommes ; et d'ailleurs, ce qui est pire, une animosité personnelle les avait déjà opposés bien avant ce voyage.

Le subrécargue du *Batavia* – qui avait été promu au titre de « commandeur » car, en principe, son autorité s'étendait encore à cinq autres navires censés naviguer de conserve (mais ce convoi se disloqua définitivement après l'escale du Cap) – était un Anversois de 33 ans, Francisco Pelsaert, un homme intelligent et cultivé qui, durant plusieurs années, avait représenté la VOC avec distinction à la cour du Grand Moghol à Agra. Mais Pelsaert était de santé fragile ; il avait contracté en Inde une fièvre récurrente qui parfois le terrassait pendant des semaines, et finalement devait d'ailleurs l'emporter deux ans après les événements qui nous occupent ici. Le patron, Ariaen Jacobsz, avait une bonne quarantaine d'années, ce qui faisait de lui un des hommes les plus âgés du bord (en mer, au XVIIe siècle, on ne faisait généralement pas de vieux os) ; marin endurant et habile (mais médiocre navigateur), c'était un individu grossier et violent, buveur et paillard, explosant de force et de santé. Dix ans auparavant, lors d'une escale en Inde, il avait une première fois rencontré Pelsaert et avait eu avec lui une altercation d'ivrogne. Cet incident lui avait valu une sévère remontrance publique de ses supérieurs ; il en avait toujours gardé rancune à Pelsaert, qu'il tenait pour responsable de cette humiliation. Et maintenant, voici qu'en assumant son nouveau poste sur le *Batavia* il se retrouvait précisément sous les ordres de cet homme qu'il détestait.

Navire énorme pour son époque, le *Batavia*, avec ses cinquante mètres de longueur, était en fait à peine deux fois plus long[1] qu'un grand yacht d'aujourd'hui ; mais il devait transporter

1. Mais sa hauteur demeure impressionnante. La réplique

pendant huit mois – avec l'unique interruption d'une brève escale – près de trois cent trente personnes entassées les unes sur les autres dans une inimaginable promiscuité. Cette population grouillante était traditionnellement divisée en deux groupes très inégaux : les occupants du château arrière, et la piétaille du gaillard d'avant ; d'un côté, la grande cabine que se partageaient l'état-major et les passagers de marque – une poignée d'individus – et de l'autre, les entreponts qu'emplissait la cohue des gabiers, des artilleurs et des soldats.

L'aristocratie de l'arrière, outre le subrécargue, le patron et le timonier, comptait encore un subrécargue assistant (*onderkoopman*), Jeronimus Cornelisz, un individu d'une trentaine d'années qui venait tout juste d'être engagé par la VOC. C'était un homme instruit ; il avait été apothicaire, mais divers déboires l'avaient conduit au bord de la faillite. Toutefois, comme il s'embarquait pour l'Insulinde, ce n'étaient pas ses créanciers qu'il fuyait, mais bien les poursuites de la justice : il avait eu des accointances avec un inquiétant personnage, le peintre Tor-

moderne du *Batavia* (un chef-d'œuvre de charpenterie navale, exécuté en Hollande, et qui reproduit scrupuleusement l'original, dans les mêmes dimensions et avec les mêmes matériaux) a fait escale à Sydney en 2000 ; afin de gagner l'arrière-port où de grands porte-conteneurs et autres cargos viennent régulièrement s'amarrer, le navire dut attendre une marée exceptionnellement basse pour pouvoir passer sous le pont suspendu de Sydney – que la pomme de son grand mât fut bien près de toucher.

rentius (1589-1644)[1], lequel venait d'être arrêté, torturé et condamné pour crimes d'immoralité, de satanisme et d'hérésie ; et les autorités recherchaient tous ses possibles complices. Quant aux passagers, il y avait un homme d'Église, un *predikant* calviniste, Gijsbert Bastiaensz, un brave homme, pieux et borné, qui voyageait avec toute sa famille – sa femme, sept enfants et une servante, en route pour les colonies dans l'espoir d'y trouver enfin une paroisse qui pût nourrir sa trop nombreuse tribu. Et enfin, il y avait une jeune femme de 27 ans, appartenant à la bonne société d'Amsterdam, Lucretia Van der Mijlen. Elle avait décidé sur un coup de tête, semble-t-il, d'aller rejoindre son mari qui était employé dans les comptoirs asiatiques de la VOC. Il n'était pas coutumier pour les bourgeoises hollandaises de partager l'existence de leur époux dans les insalubres postes d'Insulinde, mais Lucretia était orpheline et ses trois enfants venaient de mourir en bas âge, l'un après l'autre : la solitude lui pesait. Sa beauté, relevée par plusieurs témoins, allait exercer, bien malgré elle, un effet explosif sur les hommes qui l'entouraient dans l'espace confiné de la grande cabine. Elle était accompagnée d'une jeune servante, Zwaantie, imprudemment embauchée au dernier moment : c'était une garce insolente qui devait donner à sa maîtresse bien du fil à retordre.

1. De son vrai nom, Johannes Van der Beeck. Torrentius est la latinisation de Van der Beeck – littéralement, Duruisseau.

En avant du grand mât, partageant les quartiers primitifs des matelots et des soldats, se trouvaient encore une bonne quinzaine de femmes ; plusieurs d'entre elles avaient été clandestinement introduites à bord par leurs compagnons. Quelques-unes avaient des nourrissons, auxquels devaient encore s'ajouter deux bébés qui naquirent en mer. Les quelque cent quatre-vingts gabiers occupaient l'entrepont supérieur ; ils étaient ainsi séparés des soldats, car les deux groupes s'entendaient mal, les seconds étant relégués dans l'entrepont inférieur, sorte de vaste porcherie étouffante et obscure, si basse que l'on n'y pouvait se tenir debout ; les soldats – des mercenaires allemands pour la plupart, mais il y avait aussi quelques Français[1] – avaient été embauchés par la VOC pour renforcer les garnisons de ses comptoirs javanais. Ils étaient encadrés par deux adjudants, de vieux professionnels, ainsi que par une douzaine de très jeunes cadets, des hobereaux hollandais dénués de fortune. En plus, il y avait encore des artilleurs, car le *Batavia* portait toute une batterie de canons pour tenir en respect les pirates, les indigènes et les concurrents étrangers ; et enfin tout le groupe des artisans spécialisés que les matelots surnomment les oisifs, car ils ne travaillent que de jour et ne sont pas astreints à monter les quarts : les charpentiers et les voiliers, le cuisinier et ses aides, et aussi, bien sûr, le chirur-

1. Deux cent cinquante ans plus tard, Arthur Rimbaud devait suivre cette même filière, au service non plus de la VOC, mais du roi de Hollande.

gien-barbier, le secrétaire du commandeur et le commis aux écritures.

Même dans les meilleures conditions possibles, la vie en mer (au moins jusqu'au XIXe siècle) apparaissait aux terriens, à juste titre, comme une épouvantable épreuve. Bien qu'il appartînt lui-même à une grande nation maritime, Samuel Johnson résuma bien ce sentiment : « Nul homme ne voudrait jamais se faire marin, à moins de n'être même pas capable de se faire jeter en prison. Car la vie à bord d'un navire est tout simplement celle d'une geôle où l'on serait de surcroît exposé à la noyade. » Et c'était effectivement une existence d'une inimaginable brutalité ; le catalogue de ses horreurs est sans fin : l'inconfort fétide (à bord du *Batavia*, pour plus de trois cents personnes, il n'y avait que quatre latrines, dont deux à ciel ouvert et directement balayées par les embruns ; seule l'élite de la grande cabine avait droit en plus à un service de pots de chambre), la promiscuité, le manque d'air et d'espace, l'humidité perpétuelle, le chaud, le froid, les rats, la vermine, la crasse (pour économiser l'eau douce, les matelots en étaient parfois réduits à laver leur linge dans leur urine), les vivres avariés, moisis ou grouillants de vers, l'eau croupie, la grossièreté des compagnons de bord, la férocité sadique de la discipline, la menace perpétuelle et terrifiante du scorbut, qui enflait et pourrissait les chairs de ses victimes, transformant celles-ci en cadavres ambulants avant même de les achever (à bord des navires qui faisaient la route de l'Insulinde, le scorbut emportait en moyenne de vingt à trente hommes par voyage[1]).

Le voyage du *Batavia* avait mal commencé ; parti de la rade de Texel à la fin d'octobre 1628, avant même d'avoir quitté les eaux hollandaises, il rencontra dès le second jour un violent coup de vent qui le fit s'échouer sur les redoutables bancs de Walcheren. Le patron réussit finalement à profiter de la marée pour le remettre à flot. La puissante carène n'avait heureusement subi aucun dommage, mais le navire avait été bien près de se perdre. La suite de la longue traversée jusqu'au Cap – six mois de mer – fut exempte de mésaventures notables ; mais entre les occupants de la grande cabine, les tensions montèrent. Pelsaert était un irrépressible coureur de jupons ; plusieurs fois déjà, cette incontrôlable impulsion avait failli ruiner sa carrière – ainsi, à la Cour d'Agra, il avait séduit l'épouse d'un prince ; l'affaire avait très mal tourné, et Pelsaert manqua y laisser la vie. Jacobsz, pour sa part, dans un style plus rustique, était animé d'appétits non moins vifs. Les deux hommes entrèrent donc bientôt en compétition pour les

1. Le *Batavia* en avait déjà perdu dix, après sept mois de mer. Le scorbut inspirait l'épouvante, car on ignorait entièrement la vraie cause de ce mal. Il s'agissait en fait d'une carence de crudités dans le régime alimentaire ; le remède était fort simple, mais il ne commença à être identifié et appliqué qu'à la fin du XVIIIe siècle. Les grands navigateurs anglais, Cook et Bligh en particulier, en forçant leurs équipages à boire du jus de limette et à manger de la choucroute, réussirent enfin à leur assurer une immunité complète.

faveurs de Lucretia, mais celle-ci déclina leurs avances. Pelsaert, qui était galant homme, s'inclina de bonne grâce, mais Jacobsz prit cette résistance de mauvaise part ; pour se venger de la maîtresse, il séduisit la servante. Zwaantie se montra d'emblée beaucoup plus accommodante – elle en avait déjà accommodé bien d'autres – et profita de son intimité avec le patron pour narguer Lucretia et défier ses ordres. Cependant, à l'insu de tous, l'ancien apothicaire Cornelisz nourrissait lui aussi des desseins sur Lucretia ; mais occupant une position plus humble, il n'osait pas encore découvrir ses batteries.

On peut imaginer comment devaient s'exaspérer les haines et les concupiscences, les frustrations et les passions de ces individus si mal assortis à tous égards, et pourtant tous engoncés dans ces mêmes uniformes de lourd drap noir dont la respectabilité hollandaise ne se départait jamais, même pas sous le soleil de l'équateur, chiens de faïence rouges et suants qui se faisaient face autour de la table commune de la grande cabine, trois fois par jour, durant les cent quatre-vingts jours qu'ils mirent pour atteindre le Cap.

La brève relâche à terre aurait dû alléger cette atmosphère de plus en plus irrespirable ; en fait, elle fut l'occasion d'une première explosion. Pour amuser Zwaantie, le patron emprunta un canot et, en compagnie de l'ancien apothicaire avec lequel il était devenu fort lié, il alla exhiber sa bonne fortune auprès des autres navires mouillés dans la rade. Mais au terme de cette petite excursion, Jacobsz se saoula comme un porc et engagea une querelle d'ivrogne avec d'autres marins. Furieux de ce scandale qui avait déshonoré le *Batavia* devant toute la flotte, Pelsaert tança vertement le patron. L'autre avala cette semonce en serrant les dents et jura de se venger.

Le *Batavia* reprit la mer et s'engagea dans la seconde et dernière étape de son voyage. L'ancien apothicaire, dont l'éloquence était aussi persuasive que son esprit était retors, entreprit d'attiser la fureur du marin. Jusqu'alors, à la table qu'ils partageaient depuis longtemps, tous les hôtes de la grande cabine avaient eu ample occasion d'admirer les étonnants paradoxes de Cornelisz, n'y voyant d'ailleurs qu'une façon spirituelle de faire passer leurs longs loisirs – car qui donc pourrait sérieusement soutenir que l'Enfer n'existe pas, ou que les crimes que commettent les élus de Dieu ne sont pas des crimes ? Maintenant toutefois, avec Jacobsz, ses conciliabules prenaient un tour plus pratique ; le patron, du reste, n'était pas homme à consacrer beaucoup de temps à des spéculations philosophico-théologiques. Cornelisz fit miroiter à ses yeux la possibilité, éminemment réalisable, de s'emparer du *Batavia* : il suffirait d'éliminer Pelsaert, et Jacobsz se retrouverait naturellement maître du navire. En s'appuyant sur quelques hommes de confiance, armés et déterminés, il ne serait pas difficile de contrôler la masse amorphe et hésitante des autres. Le navire transportait un trésor fabuleux, douze coffres bourrés de pièces et de lingots d'argent, ainsi que des perles et des joyaux variés : la fortune des mutins serait assurée pour tout le restant de leurs jours. Au lieu de mettre le cap sur Java, ils n'auraient qu'à dérouter le navire vers les comptoirs des concurrents étrangers : Portugais et Anglais ne seraient que trop heureux de les accueillir. Jacobsz, usant de l'ascendant qu'il exerçait sur les matelots, et Cornelisz de l'insinuante séduction qui lui donnait accès partout commencèrent à recruter une douzaine de complices. Ce n'était encore qu'un premier noyau, mais ses ramifications s'étendaient déjà dans les différentes strates sociales du bord.

Peu après le départ du Cap, Pelsaert eut un nouvel accès de fièvre qui le cloua au lit durant un mois, et dont il faillit mourir. Contre toute attente, il finit pourtant par se rétablir, mais dès qu'il fut debout, les conjurés lui tendirent un premier piège. Leur idée était de machiner une provocation tellement intolérable que, devant cet outrage, Pelsaert se verrait obligé de prendre des sanctions atroces qui, à leur tour, ne manqueraient pas de susciter le mécontentement de l'équipage. À cette fin, ils décidèrent de prendre Lucretia pour cible ; dans le choix de cette victime, on devine que le dépit du patron et le ressentiment de Zwaantie durent avoir leur part, mais plus encore, on croit bien reconnaître l'inspiration bizarre et perverse de l'ancien apothicaire.

Une nuit, sur le pont désert, huit hommes masqués, choisis parmi les conspirateurs, attaquèrent Lucretia. Ils l'immobilisèrent à plat sur les planches, et, lui retroussant robe et jupon, ils la barbouillèrent de façon obscène avec du goudron et des excréments. L'agression fut exécutée en un tournemain ; les assaillants disparurent aussitôt dans la nuit. Le bruit de ce forfait se répandit aussitôt par tout le navire. Pelsaert, qui était à peine rétabli, ne se tint plus de rage et mena une enquête serrée. Au grand désappointement des conjurés, toutefois, il n'adopta pas d'immédiates représailles disciplinaires et la routine du bord ne fut pas affectée par l'incident. Mais il semble bien que Lucretia ait reconnu un de ses agresseurs, un intime du patron. Cette information dont elle dut faire part au commandeur donna à réfléchir à ce dernier : si Jacobsz était lui-même derrière cette abomination, toute l'affaire en prenait du coup une tournure encore plus inquiétante. Le plus prudent serait donc de ne rien brusquer ; il serait toujours temps, une fois arrivé à Java, d'aller au fond des choses dans des conditions de plus grande sécurité.

Mais c'est durant cette attente ambiguë que le désastre frappa.

Dans la nuit du 3 au 4 juin 1629, poussé par une bonne brise, le *Batavia* faisait route sous la lune, toutes voiles dehors. Durant le second quart de nuit, l'homme de vigie crut apercevoir, droit devant, une blancheur au loin, comme si la mer brisait sur un haut fond. Il prévint le patron qui se tenait sur le gaillard d'arrière, mais ce dernier, estimant qu'il ne s'agissait que d'un reflet de la lune sur l'eau, maintint le navire sur son cap. Il se sentait en parfaite sécurité : la veille encore, sa dernière estimation avait placé le navire à 600 milles de la côte la plus proche ! En fait, en ce moment précis, il n'était plus qu'à 40 milles de l'Australie, et il se trouvait exactement au milieu d'un vaste et dangereux semis de récifs et d'îlots de corail, l'archipel des Abrolhos qu'un autre navigateur hollandais, Houtman, avait découvert par accident dix ans auparavant. Un instant plus tard, il y eut un choc formidable accompagné de grincements affreux : emporté par son poids et son élan, le *Batavia* venait de s'immobiliser net, littéralement empalé sur une invisible arête de corail. Immédiatement, toutes les manœuvres habituelles furent tentées : mouillage d'une ancre portée par canot en eau profonde, délestage du navire – les lourds canons furent poussés pardessus bord – et même, le sacrifice inutile et désespéré du grand mât qui fut abattu à la hache. Rien n'y fit : après plusieurs heures d'une activité frénétique, il devint évident que nul miracle ne pourrait jamais remettre le navire à flot ; il était maintenant aussi immobile et rigide que le roc qui avait interrompu sa course, et il n'en bougerait plus jusqu'à ce que l'océan qui le faisait trembler sous ses coups de boutoir eût finalement achevé de le démanteler.

Jusqu'à une époque assez récente, les navires de haute mer étaient généralement dénués d'équipements de sauvetage. Le *Batavia*, par exemple, ne possédait qu'un grand canot et une petite yole dont les capacités combinées n'auraient pu porter, à grand-peine, qu'une cinquantaine de personnes – moins d'un sixième de ses effectifs complets. Et d'ailleurs, ces deux embarcations n'avaient nullement une fonction de sauvetage ; elles servaient seulement d'annexes pour le transport, le déhalage, les reconnaissances et communications avec la terre et autres tâches d'appoint pour la manœuvre du navire. Quand un navire se perdait, tout était perdu, le désastre était définitif, et les marins, même braves et expérimentés, avaient du mal à concevoir qu'il pût exister un au-delà du naufrage qui aurait justifié la mise en place de dispositifs spéciaux[1]. La discipline absolue qui avait réglé implacablement tous les instants de la vie et de l'activité de l'équipage se dissolvait instantanément du fait du naufrage, comme si toute autorité devait inévitablement sombrer avec le navire.

Quand il devint évident que le *Batavia* était définitivement perdu, ce fut le chaos à bord ; mercenaires et gabiers firent main basse sur les

1. Quand le docteur Alain Bombard entreprit il y a un demi-siècle ses fameuses démonstrations de survie en mer (on se rappelle comment il traversa l'Atlantique, seul et sans provisions, à bord d'un modeste radeau de sauvetage), son premier objectif avait été de transformer cette mentalité traditionnelle des gens de mer. Il a rapporté ce cas typique d'un marin pêcheur qui, après le naufrage de son chalutier, s'était retrouvé dans un canot de sauvetage dérivant en vue de la côte bretonne : le naufragé mourut en quelques heures, sans nécessité aucune – de pur désespoir. (Sur ce sujet, voir également plus loin, p. 101-102.)

réserves d'alcool et de vin, et s'adonnèrent à une orgie sauvage. Tous les interdits furent balayés, des matelots ivres envahirent l'espace sacré du gaillard d'arrière, ils forcèrent l'accès de la grande cabine, enfoncèrent les coffres, s'emparèrent des chapeaux à plume, des brocarts et des chaînes d'or de leurs chefs et se mirent à improviser avec frénésie une sorte de carnaval grotesque et désespéré.

Sur ces entrefaites, toutefois, l'aube qui blanchissait révéla que, dans son malheur même, le *Batavia* avait bénéficié d'une chance exceptionnelle. À l'ouest, dans la direction d'où il était venu, on pouvait voir la grande houle du large déferler à l'autre extrémité des récifs ; si le *Batavia* s'était échoué là-bas, la mer l'aurait mis en pièces en moins de quelques heures et, loin des terres émergées, nul n'aurait eu la moindre chance de survivre. Dans sa position présente, au contraire, il se trouvait en bordure d'une vaste zone de hauts fonds qui, à marée basse, offraient de façon discontinue une sorte de passage à gué vers deux îlots, l'un minuscule, l'autre un peu plus grand, et l'on entrevoyait encore derrière eux, çà et là, les longues lignes blanches de la mer qui brisait contre d'autres terres basses. Pelsaert, le patron et les timoniers avaient conservé le contrôle du grand canot et de la yole ; établissant leur centre d'opérations sur le petit îlot proche de l'épave, ils organisèrent un va-et-vient avec les deux embarcations pour transporter la plus grande partie des naufragés sur la seconde île, bientôt baptisée le Cimetière du *Batavia* (*Batavia's Kerkhof*; les cartographes l'appellent aujourd'hui Beacon Island, l'île de la Balise). Le Cimetière est un triangle aride et gris, au sol de corail pulvérisé, sur lequel s'accrochent des buissons secs et tordus que les bourrasques incessantes ont forcés à ramper à ras de terre. L'île, qui est à peu près plate, mesure environ 450 mètres dans sa plus grande longueur, sur quelque 250 mètres de large ; on en fait le tour en moins de cinq minutes ; sous le vent, face aux eaux relativement calmes du lagon et du chenal médian, il y a une minuscule plage de sable blanc, suffisamment abritée pour servir de point d'atterrissage à de petites embarcations. C'est là qu'en cinq ou six voyages le canot et la yole débarquèrent plus de cent quatre-vingts personnes avec des vivres et une petite provision d'eau. Soixante-dix autres étaient restées sur le navire dont la puissante charpente continuait à défier les assauts de la mer ; il s'agissait pour la plupart de soudards et de matelots qui ne voulaient pas dessaouler, mais il y avait aussi quelques individus que leur peur de l'eau (dans la Hollande du XVIIe siècle, à peine une personne sur sept savait nager) confinait dans la fausse sécurité de l'épave.

Durant les deux jours qui suivirent, le commandeur fit faire une rapide exploration de l'archipel, incluant dans cette inspection superficielle les deux grandes îles situées à quelque six kilomètres au nord-ouest du Cimetière ; l'une d'elles, l'île Haute, comporte, comme son nom l'indique, l'unique colline de tout l'archipel, une bosse broussailleuse qui s'élève à une quinzaine de mètres au-dessus du niveau de la mer, constituant d'ailleurs le seul amer naturel, visible à quelque distance au large. Cette reconnaissance trop hâtive fit conclure à tort que les îles étaient entièrement dépourvues d'eau douce.

Pelsaert et Jacobsz savaient qu'il ne restait aux naufragés qu'un seul espoir d'être jamais secourus : il fallait essayer d'atteindre le comptoir de la VOC à Java. Le grand canot n'était qu'une embarcation non pontée d'une dizaine de mètres de long ; il était gréé en sloop et muni de semelles de dérive à la mode hollandaise ; un aussi petit voilier serait-il capable d'effectuer une traversée de 1 800 milles le long d'une côte dangereuse et mal connue ? Avec de bons marins, l'aventure pouvait réussir. Seul Jacobsz paraissait qualifié pour la mener à bien ; Pelsaert, qui n'avait plus confiance en lui, devrait l'accompagner pour le tenir à l'œil ; et ils décidèrent d'emmener avec eux toute l'élite de l'équipage. Il n'était pas question d'informer les autres naufragés de ce projet : dans leur état de désespoir et d'anarchie, ils se seraient rués en masse sur le canot qui, déjà, aurait difficilement pu embarquer un seul homme de plus. Avec ses présents effectifs de quarante-cinq personnes – dont deux femmes (Jacobsz avait refusé d'abandonner sa Zwaantie) et un bébé à la mamelle – il était dangereusement surchargé, et les charpentiers avaient dû hâtivement exhausser ses francs-bords.

Quatre jours après le naufrage, donc, le grand canot mit silencieusement à la voile, emmenant la yole en remorque. Quand, de leur île, les naufragés s'aperçurent finalement que leurs chefs avaient disparu avec les deux seules embarcations, dans leur colère et leur désespoir, ils baptisèrent le rocher voisin, maintenant désert, l'île des Traîtres (*Verraderseiland*).

Les constructeurs hollandais savaient vraiment leur métier : l'épave du *Batavia* résista neuf jours aux assauts de l'océan. Mais si l'agonie avait duré longtemps, la fin, elle, fut foudroyante : le navire s'effondra soudain, et tout ce qui en restait s'engloutit en quelques instants. Des quelque soixante-dix hommes qui étaient demeurés à bord, il y en eut à peine vingt qui réchappèrent et réussirent à gagner la terre. Durant les dernières vingt-quatre heures, l'ancien apothicaire Cornelisz s'était réfugié sur le beaupré auquel il resta accroché, transi de peur et trempé d'embruns. Tout à la fin, le beaupré se brisa ; Cornelisz ne savait pas nager, mais il eut la chance de tomber à la mer au milieu d'une masse confuse de planches et d'espars rompus que le courant et le vent poussèrent jusqu'à la grève du Cimetière. C'est ainsi qu'il fut le tout dernier des rescapés du *Batavia* à prendre pied sur l'îlot, où il arriva d'ailleurs en fort piteuse condition – terrifié, épuisé, à demi noyé.

Les autres naufragés l'accueillirent avec d'autant plus de chaleur que, dans l'état d'abandon et de détresse où les avait plongés la désertion de tous leurs chefs, Cornelisz leur apparaissait naturellement comme le nouveau dépositaire de l'autorité légitime – parmi les survivants, il était le plus haut placé dans la hiérarchie de la VOC, et, semblait-il, la seule personne capable de les garantir contre le chaos. Ces pauvres moutons croyaient s'être enfin trouvé un berger ! Mais leur tragique erreur était bien compréhensible : Cornelisz possédait une singulière éloquence qui semble lui avoir constamment permis d'exercer un ascendant presque irrésistible sur tous ceux qu'il voulait séduire et manipuler, et il s'adressait cette fois-ci à une foule particulièrement vulnérable : leurs récentes épreuves avaient complètement désemparé les rescapés ; durant les tout premiers jours sur l'îlot, dix d'entre eux étaient déjà morts – apparemment de soif (mais entre-temps de nouveaux grains de pluie avaient provisoirement résolu le problème de l'eau), ou, plus vraisemblablement, de désespoir.

Sitôt qu'il se fut un peu remplumé, Cornelisz assuma son nouveau rôle avec beaucoup d'aplomb. Il s'attribua la meilleure tente du campement et s'affubla du plus splendide uniforme de Pelsaert. Mais en même temps, ses premières initiatives parurent bien justifier la confiance que lui avaient témoignée ses compagnons ; il réussit en effet à instaurer une discipline, il mobilisa les énergies, répartit les tâches, inventoria les ressources et en administra la distribution. Déjà les malheureux qui l'entouraient sentaient leur espoir renaître. Trop contents de pouvoir remettre leur sort entre les mains d'un homme qui paraissait aussi manifestement doué de vision et d'autorité, ils ne s'inquiétèrent pas quand, quelques semaines plus tard, Cornelisz effectua une réorganisation radicale de leur petite société. Au sein de la VOC, il était de règle que tout pouvoir de décision fût exercé par le truchement de comités ; aussi, dès les tout premiers jours, les naufragés s'étaient conformés à cet usage en cooptant cinq d'entre eux – le *predikant*, le chirurgien et trois autres personnages jouissant d'un certain prestige – pour constituer le directoire de leur communauté. À son arrivée, Cornelisz fut aussitôt invité à occuper la présidence de ce comité ; quelques semaines plus tard, il décida brusquement d'en remplacer tous les membres par des individus dont la loyauté lui était personnellement acquise – il s'agissait en effet de divers conspirateurs précédemment recrutés sur le *Batavia* en vue de la mutinerie qu'il avait préparée avec le patron. La toute première initiative de ce comité fut d'arrêter et de condamner à mort un soldat accusé d'avoir volé du vin dans les réserves. La sentence fut exécutée séance tenante. Si la surprenante sévérité du châtiment dut frapper les naufragés, du moins purent-ils se persuader que des mesures extrêmes conviennent à des circonstances extrêmes – et d'ailleurs, tant le jugement que l'exécution ne s'étaient-ils pas conformés aux règles de procédure en vigueur dans la Compagnie ?

L'ultime objectif de Cornelisz n'avait pas changé depuis le temps où, à bord du *Batavia*, il avait comploté avec le patron l'organisation d'une mutinerie. Mais, depuis le naufrage, ce projet était devenu encore plus fragile et plus fumeux. Son succès dépendait maintenant de nouveaux facteurs, bien incertains : il fallait d'abord que le patron réussisse dans sa périlleuse tentative pour rallier Java à bord du grand canot ; puis, que la VOC envoie un navire pour recueillir les naufragés, et enfin que les conspirateurs parviennent à se rendre maîtres de ce navire. Ce dernier point, décisif, serait aussi le plus hasardeux. Pour pouvoir le mener à bien, il fallait au préalable s'assurer de la complicité de tous les autres naufragés, ou à tout le moins de leur docilité ; car il suffirait d'un seul élément réfractaire qui vendrait la mèche à l'arrivée des secours pour tout faire échouer.

Aussi Cornelisz avait-il continué en sous-main à regrouper et étendre sur l'île le réseau originel des anciens conspirateurs du *Batavia*. Il se retrouva bientôt à la tête de deux douzaines de mutins et d'hommes de main – pour la plupart de très jeunes gens, dont plusieurs – cadets et mercenaires – étaient formés au maniement des armes. Il avait également recruté quelques matelots, et même un employé aux écritures de la VOC, dont il fit son lieutenant. Il ordonna de rassembler toutes les armes qui avaient pu être sauvées du navire – épées, haches, coutelas et deux mousquets – dans une réserve dont il avait l'accès exclusif. Et enfin, il établit son contrôle sur la petite flottille d'embarcations de fortune et de radeaux qui avait été bricolée avec des matériaux récupérés sur l'épave : leur libre disposition aurait laissé de trop grandes possibilités d'autonomie aux naufragés. Pour la même raison encore, comme les charpentiers avaient commencé la construction d'un bateau plus important, capable d'affronter la mer au-delà du lagon, Cornelisz leur défendit aussitôt de poursuivre leur travail. Et un peu plus tard, deux d'entre eux furent accusés (à tort ou à raison) de s'être approprié un esquif sans autorisation ; le nouveau comité de Cornelisz les condamna à mort, et la sentence fut exécutée séance tenante. Ces deux nouveaux meurtres, publics et légaux, furent perpétrés sans hésitation ; et pourtant ces charpentiers détenaient une compétence professionnelle dont les naufragés, dans leur présente situation, ne pouvaient se passer.

Si, au début, les premières initiatives de Cornelisz avaient correspondu aux besoins réels de la petite communauté des rescapés, maintenant, au contraire, elles ne visaient plus qu'à la consolidation de son pouvoir personnel, et cet impératif devait dorénavant primer toute autre considération. Ses agissements allaient progressivement devenir de plus en plus monstrueux ;

mais ils n'étaient nullement irrationnels : une logique implacable les inspirait, celle du contrôle absolu qu'il lui fallait maintenir sur tout son petit royaume.

Dans l'immédiat, son principal problème était que les mutins ne constituaient encore qu'une trop faible minorité : à peine un sixième de la population de l'île. Pour rectifier cette dangereuse disproportion, il conçut une solution radicale : il fallait tout simplement réduire le nombre des rescapés. Et à partir de ce moment, c'est à cette tâche qu'il appliqua toute son ingéniosité.

Invoquant le manque d'espace et de ressources du Cimetière, Cornelisz organisa un transfert de population vers deux autres îlots, promettant aux déportés qu'ils jouiraient là de meilleures conditions de vie ; en fait, son plan était de les y abandonner pour qu'ils périssent de faim et de soif. Un premier petit groupe fut ainsi déposé sur l'île des Traîtres, le rocher désolé auprès duquel le *Batavia* avait sombré, et un second groupe, beaucoup plus important, sur l'île des Phoques – une longue île étroite et sablonneuse, en face du Cimetière, de l'autre côté du chenal d'eau profonde qui traverse tout l'archipel.

Enfin, prétextant qu'il serait avantageux d'explorer les deux grandes îles du nord-ouest en vue d'une colonisation éventuelle par les naufragés (ce qui, en effet, eût été une sage décision mais ne constituait nullement sa vraie préoccupation), Cornelisz y envoya une expédition composée d'une vingtaine d'hommes. Il tenait tout particulièrement à se débarrasser de cette troupe-là, car il s'agissait en majeure part d'une élite de solides et loyaux soldats qui s'étaient regroupés sous l'autorité d'un des leurs, un certain Wiebbe Hayes. Ce dernier était un obscur sans-grade, mais durant toutes les récentes épreuves, il avait dû se distinguer par d'évidentes qualités d'intelligence et de caractère qui lui valaient maintenant le respect et la confiance de ses camarades. Cornelisz fit déposer la petite troupe, sans armes ni provisions, sur une grève de l'île Haute en promettant qu'on viendrait les reprendre à très court délai ; entre-temps, s'ils découvraient de l'eau potable, ils avaient pour instruction de l'annoncer aussitôt par des signaux de fumée. Mais l'ancien apothicaire était certain que l'île était aride et sans ressources, et encore une fois, son dessein était de les y laisser tout simplement mourir de privations car il avait fort justement pressenti que c'était ce groupe-là qui pourrait finalement présenter le plus sérieux obstacle à ses projets.

Peu après le départ de Wiebbe Hayes et de son équipe, Cornelisz réussit encore à liquider discrètement quelques hommes de plus, sans éveiller les soupçons des autres : prétendant qu'ils avaient été envoyés en renfort pour seconder l'expédition des grandes îles, il les fit secrètement assommer et noyer par ses séides. Mais ce genre d'assassinats à la petite semaine ne pouvait vraiment constituer une méthode satisfaisante ; il faudrait bientôt songer à une solution plus radicale.

Sur ces entrefaites, un développement inattendu vint soudain précipiter les choses. Vingt jours après que Wiebbe Hayes et sa troupe eurent été abandonnés sur l'île Haute, des signaux de fumée visibles de tout l'archipel annoncèrent qu'ils avaient trouvé de l'eau ! Cornelisz fut consterné : non seulement ces indésirables étaient toujours bien en vie, mais, pourvus d'eau dans leur grande île, ils risquaient de prospérer dans une insolente autonomie. Pour les autres naufragés qui, sur les îlots arides, n'avaient été sauvés de la soif que par d'irréguliers grains de pluie, les signaux de fumée apportèrent un soudain espoir. En particulier, les relégués de l'île des Traîtres, dont la situation était devenue presque désespérée, décidèrent de rallier aussitôt cette nouvelle Terre promise. Avec le bois flotté provenant de l'épave, que la mer continuait à rejeter sur leur rocher, ils s'étaient construit quelques radeaux de fortune ; ils les mirent immédiatement à l'eau.

Cornelisz aperçut cette pitoyable flottille qui faisait force de pagaies vers les grandes îles. Pareille migration spontanée allait renforcer le camp de Hayes et créer un intolérable exemple aux yeux des autres naufragés ; il fallait y mettre fin sans hésitation – ou bien c'était son autorité et son pouvoir qui allaient se déliter de façon irréversible. Il donna donc l'ordre à ses séides de mettre à l'aviron pour barrer la route à cette évasion qui menaçait soudain de saper les bases mêmes de l'empire qu'il avait établi sur tous ces malheureux.

Les habitants du Cimetière, massés sur le rivage, assistèrent à la poursuite. Sous leurs yeux horrifiés, les hommes de Cornelisz qui, seuls, étaient armés et qui disposaient de meilleures embarcations rattrapèrent les radeaux et massacrèrent sans pitié tous leurs occupants – hommes, femmes et enfants.

Maintenant Cornelisz avait abattu ses cartes – toute équivoque était dissipée : il disposait d'un pouvoir de vie et de mort sur la population de tout l'archipel, à l'exception de l'île de Hayes qui échappait encore à son contrôle. Dans le Cimetière, une douzaine de naufragés tirèrent promptement la leçon de cette éloquente démonstration : de leur propre mouvement, ils vinrent trouver Cornelisz et lui firent solennellement profession d'allégeance. Dans les jours qui suivirent, du reste, Cornelisz exigea que tous les autres suivissent cet exemple ; chacun dut ainsi lui prêter serment d'obéissance et de fidélité. Ce rite accompli, il n'en continua pas moins à faire égorger l'excédent de ses sujets ; d'abord les malades et les invalides qui avaient été regroupés dans une tente furent massacrés tous ensemble ; puis d'autres victimes furent individuellement sélectionnées au jour le jour sous des prétextes divers, ou sans raison aucune – car c'est son arbitraire même qui constitue l'essence efficace et sans appel de toute Terreur (« Ici, il n'y a pas de pourquoi », répondront au XXe siècle les bourreaux d'Auschwitz à l'interrogation des innocents qu'ils conduisaient à la mort). Seuls Cornelisz et les membres de son petit cercle décidaient qui vivrait et qui mourrait ; pour le reste, nul ne pouvait s'assurer d'une quelconque protection, il fallait produire à tout instant des gages d'une soumission abjecte – lesquels ne pouvaient d'ailleurs rien garantir pour le lendemain. Ainsi, par exemple, le lamentable *predikant* avait vu toute sa famille massacrée, à la seule exception de sa fille aînée (sur laquelle un lieutenant de Cornelisz avait jeté son dévolu) ; il n'en continuait pas moins à servir les assassins de sa femme et de ses enfants avec une déférence docile et tremblante, ravalant ses larmes, subsistant d'un jour à l'autre en tâchant de se faire invisible. Cornelisz – qui avait maintenant pris le titre de Capitaine-général – et ses acolytes formaient une caste de seigneurs : ils occupaient les meilleures tentes, disposaient à leur caprice de celles des femmes à qui leur jeunesse avait valu de survivre ; ils paradaient en uniformes de fantaisie, habits galonnés et enrubannés ; ils buvaient les vins du *Batavia* et circulaient dans l'îlot équipés d'épées, de haches, de coutelas et de casse-têtes ; quiconque se signalait de façon quelconque à leur attention se voyait séance tenante mis en demeure de prouver son loyalisme et sa soumission au Capitaine-général : on lui désignait aussitôt une victime à assommer, étrangler, noyer ou poignarder, et s'il hésitait, c'était lui-même qui subissait ce même traitement.

De cette façon, tout le monde finit par être impliqué dans ce massacre permanent. Finalement, qui était complice et qui victime ? Le dessein de Cornelisz était d'effacer toute démarcation claire entre ces deux états, car c'était sur cette confusion même que s'asseyait son pouvoir. Les serments d'allégeance que tous avaient prêtés (et durent renouveler à plusieurs reprises) consacraient déjà une sorte de participation collective au meurtre. Quant à ceux qui acceptaient de jouer une part active et personnelle dans les assassinats, la plupart tuaient simplement par peur d'être eux-mêmes tués ; mais quelques-uns y prirent finalement goût ; ainsi, l'un d'entre eux en particulier, un adolescent chétif, pleurait et trépignait pour qu'on le laissât enfin égorger quelqu'un – tâche à laquelle sa débilité physique le rendait relativement impropre – et l'enthousiasme sanguinaire dont il témoignait finit même par vaguement écœurer ses maîtres.

Une société civilisée n'est pas nécessairement une société qui comporte une moindre proportion d'individus criminels et pervers (celle-ci est probablement à peu près constante dans tous les groupements humains) – simplement, elle leur donne moins l'occasion de manifester et d'assouvir leurs penchants. Sans Cornelisz, ses deux douzaines d'acolytes n'auraient probablement jamais découvert le vrai fond de leur propre nature. Il ne fait aucun doute que ce furent la personnalité et l'action de l'ancien apothicaire qui, seules, rendirent possibles l'établissement de ce bizarre royaume du crime, et son maintien pendant trois mois sur une population de quelque deux cent cinquante honnêtes gens. Au bout du compte, Cornelisz demeure lui-même une énigme. Le diagnostic de la psychologie moderne qui voit en lui un psychopathe est probablement correct, mais, finalement, ne l'explique pas mieux que l'accusation d'hérésie avancée à l'époque par ses juges. Ceux-ci, en fait, avaient mis le doigt sur un ressort essentiel de ce qu'il faut bien appeler son génie ; la force et la constance qui, d'un bout à l'autre, l'avaient inspiré, soutenu, motivé, lui permettant de convaincre et de mobiliser au service de ses desseins toute une équipe d'exécutants disparates mais enthousiastes, c'est de ses idées qu'il les avait tirées : son autorité se fondait sur une base idéologique. Car, par ailleurs, l'ancien apothicaire n'avait guère de prestance : il ne possédait aucune de ces façons hardies qui permettent aux aventuriers et aux conquérants d'en imposer naturellement à des hommes simples et brutaux ; tout au contraire, en plusieurs circonstances, il se montra étonnamment timoré. Ainsi, par exemple, il avait peur de l'eau et manqua se noyer en retardant au-delà de la dernière minute le moment d'abandonner l'épave. Bien que directement responsable de plus de cent vingt meurtres implacables, cruels et monstrueusement gratuits, il n'essaya qu'une seule fois d'en perpétrer un lui-même – et d'ailleurs, il ne put en venir à bout : exaspéré par les pleurs continuels d'un nourrisson, il lui administra du poison, mais ne réussit qu'à le plonger dans une sorte de coma ; et en fin de compte, il lui fallut charger un de ses subordonnés d'achever à la main la besogne qu'il avait lui-même si piteusement bousillée. De même qu'il pouvait ordonner de sang-froid le meurtre d'un enfant tout en répugnant à mettre personnellement la main à la pâte, il organisa le viol collectif de celles des femmes qui étaient restées en vie (deux tiers d'entre elles furent liquidées, et les autres mises à la disposition des mutins), mais il demeura lui-même paralysé d'une étrange timidité en ce qui regardait l'assouvissement de ses propres désirs : deux femmes avaient été soustraites à l'usage collectif de ses acolytes – la fille aînée du *predikant*, qu'un lieutenant de Cornelisz avait contrainte à devenir sa « fiancée », et la belle Lucretia que Cornelisz s'était naturellement réservée pour lui seul. Mais Lucretia, qu'il avait installée dans sa tente, repoussa toutes ses entreprises durant douze jours. Morfondu de ces rebuffades, Cornelisz confessa sa frustration à son second – l'ancien commis aux écritures, devenu le plus féroce tueur de toute la bande. Ce dernier s'étonna qu'une affaire aussi simple pût poser pareil problème, et il alla aussitôt rappeler à Lucretia le seul choix qui s'offrait à elle : soit elle donnerait immédiatement satisfaction au Capitaine-général, soit elle partagerait le sort des autres femmes qui avaient été étranglées ou servaient de prostituées à toute la troupe des assassins. Ce même jour, Lucretia devint donc la « concubine » de Cornelisz.

Si Cornelisz semble avoir été un personnage curieusement flou et dépourvu de présence, même, à certains moments, incapable de se montrer à la hauteur des événements ou de faire face à un danger pressant, il possédait cependant – on l'a déjà signalé, on y reviendra encore – des pouvoirs de persuasion si extraordinaires qu'il finit lui-même par s'y fier aveuglément. Mais il ne s'agissait pas là d'une simple agilité de sophiste : son éloquence ne s'exerçait pas dans le vide, elle s'appuyait sur les ressources intérieures d'une doctrine dont se nourrissait son inébranlable énergie. L'existence de cette doctrine frappa ses juges, sans toutefois qu'ils réussissent jamais à en atteindre une claire compréhension ; et aujourd'hui, il nous est plus difficile encore de la cerner – dans cette exploration, nous ne disposons guère que de deux pistes, également vagues et ambiguës.

Il y a d'abord la figure de Torrentius, que Cornelisz revendiqua lui-même comme son maître à penser. Il dut certainement fréquenter le peintre de façon assez intime ; c'est en effet cette relation personnelle qui l'avait rendu suspect aux yeux de la justice, et qui le détermina à prendre la fuite en changeant abruptement de carrière.

Mais qui donc était Torrentius, et que pensait-il vraiment ? Les sources de l'époque s'accordent pour le décrire comme un personnage d'une immoralité scandaleuse ; il semblait prendre plaisir à offenser délibérément tous les principes des gens décents et respectables. Le sacrilège, le blasphème, la luxure et l'ivrognerie étaient ses passe-temps favoris. Ses déclarations choquantes reflétaient-elles des convictions philosophiques, ou simplement le sardonique amusement qu'il prenait à heurter les étroites conventions de la société bourgeoise ? Croyait-il ce qu'il professait, ou cultivait-il le paradoxe à seule fin de faire enrager les imbéciles ? Les connaisseurs et les critiques de son temps le considéraient comme un artiste de génie – et au siècle d'or de la peinture hollandaise, les esthètes locaux savaient de quoi ils parlaient. Torrentius se vantait de peindre avec la collaboration personnelle du diable – et l'inhumaine perfection de son art donnait un certain poids à ce propos. Un athée est l'exact opposé d'un sectateur de Satan ; mais dans quel camp se rangeait Torrentius ? Car il proclamait aussi que l'Enfer n'était qu'une superstition ridicule. Il fut finalement arrêté en 1627 (quelque dix mois avant le départ du *Batavia*) : on l'accusait d'hérésie et d'immoralité et on le soupçonnait d'appartenir à la société secrète des Rose-Croix. Le procureur requit la peine de mort ; bien que soumis à d'effroyables tortures, Torrentius fit preuve d'une remarquable fermeté et refusa d'avouer

– ce qui lui sauva la vie, mais il fut condamné à vingt ans de prison. Le roi Charles Ier d'Angleterre, qui était un grand mécène et un collectionneur averti (probablement le seul monarque anglais qui eût jamais fait preuve d'une réelle appréciation des beaux-arts !), intercéda personnellement en sa faveur auprès du prince d'Orange et obtint sa libération anticipée deux ans plus tard. Mais Torrentius ne fut relâché qu'à condition de gagner immédiatement l'Angleterre et de ne jamais remettre les pieds en Hollande. Il passa une douzaine d'années à la Cour d'Angleterre où il « causa plus de scandale que de satisfaction » et « peignit très peu » (mais, tout comme le lumineux Vermeer, dont il semble constituer une sorte de pendant ténébreux, son style requérait une exécution extrêmement lente, excluant la possibilité d'une production abondante). Durant les troubles qui marquèrent la fin du règne de Charles Ier (avant de mener ce dernier à l'échafaud), Torrentius perdit sa pension royale ; privé de son emploi, il regagna clandestinement la Hollande, où il fut arrêté à nouveau et subit encore une fois la torture[1]. Il mourut en 1644, en liberté, semble-t-il, mais dans la misère.

Il serait assez vain de parler d'un grand

1. Mike Dash qui, pourtant, a utilisé les archives hollandaises de façon systématique et approfondie semble avoir curieusement ignoré ce point. Il est pourtant mentionné dans au moins un des ouvrages auxquels se réfère sa bibliographie : Zbigniew Herbert, *Still Life with a Bridle*, Londres, 1993.

peintre sans pouvoir invoquer le témoignage de ses œuvres. Dans le cas de Torrentius, il ne reste – par miracle – qu'une seule peinture, mais c'est un chef-d'œuvre. Toute sa production hollandaise avait été confisquée et détruite par ordre de la justice au moment de sa condamnation. Quant au peu de peintures qu'il exécuta en Angleterre, on crut longtemps qu'elles avaient toutes disparu dans la vente aux enchères et la dispersion des collections royales qui suivirent l'exécution de Charles Ier. En fait, l'une d'elles, qui regagna la Hollande probablement vers le milieu du XIXe siècle, devint la propriété d'un grossiste en épiceries dans une ville de province. En 1913, un historien d'art la découvrit par hasard et l'identifia – le panneau porte encore le sceau de Charles Ier à son revers ; à ce moment, les héritiers de l'épicier s'en servaient dans leur magasin pour recouvrir un baril de raisins secs. Cette peinture, *Nature morte avec bride*, a été admirablement restaurée et elle est accrochée maintenant aux cimaises du Rijksmuseum d'Amsterdam. Mais dans quelle mesure pourrait-on s'en servir pour tenter de pénétrer les idées de son auteur ? Autant essayer de résoudre une énigme au moyen d'un rébus... La peinture se présente comme un cercle inscrit dans un cadre octogonal ; sa composition, complexe mais harmonieuse et calme, rassemble une série d'objets symboliques – un broc d'eau, un verre, un pichet de vin, deux pipes, une page de musique avec notes et paroles, et une bride –

exécutés avec un réalisme extrême qui évoque d'une manière presque tactile le grain et la texture des différentes matières, verre, étain, poterie, papier. En même temps, cet assemblage apparemment hétéroclite et arbitraire forme une rigoureuse métaphore visuelle dont la clef nous échappe. Seule la bride – qui occupe l'arrière-plan, noyée dans l'ombre où ses ferrures luisent faiblement –, dominant toute la composition, mais de façon presque invisible, indique le sujet allégorique du tableau : la tempérance (un thème qui ne manque pas d'ironie, si l'on considère les flamboyantes débauches par lesquelles son auteur s'était rendu illustre). Le pinceau a opéré d'une manière invisible, sans laisser aucune trace ; son travail est entièrement noyé dans une matière lisse qui suggère, comme par magie, formes, volumes et reflets. L'œuvre est d'une perfection qui donne le vertige : le fond noir, mais nullement opaque, semble miroiter vaguement, comme le miroir obscur d'une eau lointaine au fond d'un puits sur lequel le spectateur se pencherait en vain. La peinture satisfait l'œil de façon plénière tout en gardant hermétiquement son secret.

L'autre grande composante des croyances de Cornelisz fut manifestement d'origine anabaptiste. L'anabaptisme est une hérésie qui eut une longue histoire et prit des formes variées – souvent sanglantes – aux Pays-Bas et en Allemagne. Cornelisz était né dans une famille qui appartenait à l'une de ces sectes – en sorte qu'il n'avait d'ailleurs jamais été baptisé : après sa condamnation à mort, il devait du reste feindre un moment de souhaiter le baptême, dans le seul espoir de retarder indéfiniment son exécution ; mais sitôt qu'il se fut rendu compte que cette manœuvre ne lui apporterait que quelques heures de sursis, il revint à son hérésie. La nature exacte de celle-ci demeure impossible à définir : dans certaines de ses manifestations, l'anabaptisme adopta une expression austère et mystique ; mais il engendra aussi diverses sectes ésotériques, violentes ou orgiaques : que l'on songe par exemple aux Adamites – dont, près d'un siècle avant le naufrage du *Batavia*, Jérôme Bosch avait célébré les mystères suaves et vénéneux dans son *Jardin des délices*, inquiétante fête nudiste suspendue entre le Paradis et l'Enfer, dans les limbes d'une innocence équivoque. Le trait commun de tous ces divers courants était en effet de nier la chute originelle et de faire table rase de la science du bien et du mal. Au passage, il est curieux de noter que ce sont encore les gens qui ne croient pas à l'Enfer qui semblent parfois les plus enclins à en fabriquer d'assez bonnes répliques ici-bas[1]...

1. Dans le fameux et énigmatique triptyque du Prado, le panneau central est consacré à ces lugubres « Délices » (qui pourraient faire croire que le XVIe siècle connaissait déjà ces campings pour érotomanes que Michel Houellebecq décrit si bien aujourd'hui), tandis que le panneau de gauche représente le Paradis terrestre, et celui de droite l'Enfer. Cette peinture si ambiguë a suscité d'innombrables tentatives d'exégèse ; l'interprétation la plus convaincante me semble

Vers la mi-juillet, Cornelisz envoya quelques-uns de ses tueurs massacrer toute la population de l'île des Phoques, une bonne quarantaine de personnes comprenant principalement des femmes, des enfants, des jeunes mousses et des garçons de cabine, mais aussi une douzaine d'adultes. Comme il escomptait que tous ces gens auraient déjà été considérablement affaiblis par leur longue relégation sur ce banc de sable semi-désertique, il pensa qu'une petite poignée de bourreaux suffirait amplement pour mener cette besogne à bien. Toutefois, dans la confusion du raid, sept hommes réussirent à s'échapper et à gagner l'île de Hayes sur des radeaux de fortune. D'autre part, au fil des semaines, seuls ou par petits groupes de deux ou trois, plusieurs habitants du Cimetière désertèrent en secret le camp de Cornelisz, et prirent le même chemin, nageant et dérivant à travers le lagon, accrochés à des planches ou à des tronçons d'espars.

Hayes finit ainsi par compter une cinquantaine d'hommes dans son camp ; les nouveaux venus purent le mettre très exactement au courant des atrocités organisées par Cornelisz et ses séides ; et il comprit qu'il n'y aurait jamais de compromis possible avec cet adversaire-là. Par messager, Cornelisz avait bien fait une hypocrite ouverture diplomatique, mais il était évident

---

encore celle qui rattache le sujet central aux orgies rituelles d'une secte adamite de Bois-le-Duc.

qu'il attaquerait tôt ou tard. Une invasion paraissait d'autant plus inévitable, que le rapport des forces était en train de rapidement s'inverser en faveur de Hayes. En effet, bien que Cornelisz disposât des provisions, armes et équipements qui avaient été sauvés du naufrage, Hayes et ses hommes bénéficiaient, eux, de conditions naturelles beaucoup plus clémentes ; leurs deux îles, où, s'ils avaient agi de façon sage et responsable, le commandeur et le patron auraient dû installer d'emblée tous les naufragés, non seulement offraient beaucoup plus d'espace, mais surtout elles présentaient des ressources presque inépuisables : des puits d'eau douce créés par la millénaire infiltration des pluies ; une faune abondante, constituée essentiellement d'une variété de kangourous nains, les tammars (propres aux Abrolhos, on n'en trouve pas sur le continent australien), faciles à capturer, et dont la chair est succulente ; des milliers d'oiseaux de mer, nichant au sol, et qui se laissent prendre à la main comme ils couvent sur leurs nids pleins d'œufs ; et surtout, les eaux avoisinant l'île de Hayes sont les plus poissonneuses de tout l'archipel (aujourd'hui encore, quatre mois par an, elles sont exploitées industriellement pour la pêche à la langouste ; j'ai partagé l'ordinaire de ces pêcheurs, et je puis vous assurer que déguster de la langouste dès le petit déjeuner ne constitue pas précisément un régime de misère).

Nous ne savons rien de Hayes, sinon qu'il était un simple soldat, originaire d'une petite ville de la province de Groningue. Nous ne le connaissons qu'à travers ses actions : celles-ci attestent la fermeté de son caractère ainsi que ses compétences militaires ; il avait une autorité naturelle, du jugement et du courage. S'agit-il vraiment là d'une exceptionnelle combinaison de qualités ? Oui, si l'on considère que, sur les quelque trois cents naufragés du *Batavia*, il ne se rencontra qu'un seul Hayes. Mais il lui suffit de manifester son existence pour devenir aussitôt un point de ralliement : un nombre croissant de volontaires vinrent le rejoindre ; la détermination, la discipline et l'ingéniosité de cette troupe opposèrent bientôt un obstacle insurmontable aux ambitions de Cornelisz, et précipitèrent finalement sa chute.

Cornelisz s'était bien vite rendu compte que la seule existence de Hayes et de ses partisans constituait un intolérable défi pour son régime. Il lui aurait donc fallu immédiatement anéantir cette menace, mais après l'évasion réussie des rescapés de l'île des Phoques, il perdit deux semaines en atermoiements, retenu peut-être par une secrète appréhension. Hayes, pour sa part, mit cette hésitation à profit pour préparer la défense de son île. Il équipa sa troupe de tout un armement improvisé – casse-têtes, épieux, planches garnies de longs clous de charpentier. Sur un talus, surplombant l'endroit d'où les assaillants devraient nécessairement déboucher après avoir traversé à découvert toute l'étendue des hauts fonds de corail, il édifia avec des pierres sèches une petite forteresse en forme d'enceinte à ciel ouvert. Dans cette enceinte judicieusement adossée à un point d'eau[1], il fit entasser une provision de galets lourds et tranchants pour lapider les ennemis comme ils monteraient à l'assaut.

Au début d'août, les hommes de Cornelisz tentèrent deux débarquements successifs ; ils furent chaque fois repoussés. Ils disposaient d'un armement supérieur, mais ils étaient moins nombreux : maintenant, en effet, le Capitaine-général ne pouvait plus guère aligner qu'une bonne vingtaine de tueurs aguerris, face aux cinquante hommes de Hayes. Ces derniers étaient médiocrement armés, mais mieux nourris ; surtout, ils bénéficiaient d'un avantage moral, cette détermination désespérée qui s'empare parfois des honnêtes gens quand un agresseur injuste les accule à se battre pour défendre leur vie.

Cornelisz décida alors de diriger lui-même une troisième tentative. Égaré par une confiance insensée dans les seuls pouvoirs de son éloquence, il crut qu'en s'adressant directement aux hommes de Hayes il pourrait susciter des dissensions dans leurs rangs. Son plan s'effondra dans une débâcle totale : Cornelisz fut capturé vivant, et ses trois meilleurs lieutenants se firent casser la tête. Devant ce désastre inattendu, le reste de la troupe se rembarqua en panique et regagna le Cimetière.

1. Cette enceinte et son puits existent encore aujourd'hui.

Privée de son chef, la bande de Cornelisz se retrouva littéralement décapitée ; certes, elle comptait encore quelques enragés, mais, chose remarquable, ce ne fut pas vers eux que le gros des mutins se tournèrent pour remplacer Cornelisz : ils placèrent à leur tête un jeune soldat qui connaissait bien son métier, mais dont le zèle meurtrier était sujet à caution (en une occurrence même – fait sans précédent – il avait tranquillement refusé d'égorger une victime que lui avait désignée Cornelisz). Et effectivement, sous son gouvernement, le sang cessa aussitôt de couler dans le Cimetière ; mais, le 17 septembre – date qui devait s'avérer cruciale dans l'histoire des naufragés du *Batavia* –, il lança une nouvelle offensive contre l'île de Hayes. Les opérations prirent d'emblée une tournure inquiétante, car les assaillants firent cette fois un usage méthodique des deux mousquets qui avaient été sauvés du naufrage ; l'efficacité de ces armes à feu n'était limitée que par la relative lenteur de leur tir, mais en procédant tout à loisir, les assaillants pouvaient frapper à distance un adversaire absolument incapable de les payer de retour. Déjà le camp de Hayes avait vu tomber trois de ses hommes sans pouvoir efficacement contre-attaquer, quand soudain – et c'est ici que le sobre historique des faits semble avoir été écrit par un scénariste hollywoodien – une voile apparut à l'horizon : Pelsaert était de retour avec un petit navire rapide de la VOC !

Le grand canot avait réussi à atteindre Java en un mois, après une navigation dangereuse et pénible ; ses occupants avaient souffert de la soif et de la faim, mais ils avaient tous survécu, même le nourrisson. Pelsaert eut à fournir des explications assez délicates à ses supérieurs pour justifier sa désertion. Non sans raison, il réussit à détourner leurs foudres sur la tête du patron – qui se retrouva bientôt dans un insalubre cul-de-basse-fosse, d'où il ne devait d'ailleurs plus jamais ressortir vivant. Les autorités de la VOC chargèrent Pelsaert d'aller aussitôt rechercher les survivants du naufrage, et surtout de rapporter tout ce qui aurait pu être sauvé de la précieuse cargaison du *Batavia*. À cette fin, on lui confia un « jacht » de tonnage léger, le *Sardam*, avec son schipper, un équipage de vingt-cinq hommes et une équipe de plongeurs.

Affrontant des vents contraires – en reprenant en sens inverse la route qu'avait suivie le grand canot – le *Sardam* mit une vingtaine de jours pour gagner les parages des Abrolhos ; mais une fois dans la région, il perdit encore un mois entier à essayer de redécouvrir l'emplacement exact de l'archipel : non seulement on en ignorait toujours la longitude, mais par-dessus le marché, immédiatement après le naufrage, le patron en avait mal calculé la latitude. Or les îles sont tellement basses qu'il faut s'en approcher de fort près pour les apercevoir, en sorte que Pelsaert dut faire d'infinis zigzags avant de les retrouver enfin.

Parmi les mutins, seuls les enragés tentèrent de mettre en œuvre l'ancien plan de Cornelisz et de s'emparer du *Sardam*. Le projet, improvisé dans un moment de panique, était tellement fou – le successeur de Cornelisz refusa lui-même de s'y associer – qu'il fut sans peine étouffé dans l'œuf, et Pelsaert, qui s'appuyait maintenant sur les forces combinées du *Sardam* et de la troupe de Hayes, put capturer toute la bande sans combat.

Pelsaert entreprit aussitôt de faire passer en jugement Cornelisz et ses principaux complices. Pour obtenir leurs confessions complètes, comme le requérait la loi, la plupart d'entre eux furent soumis à la question : aux atrocités criminelles succédèrent ainsi les atrocités légales. Cornelisz, partagé entre la peur de la torture et l'impudente affirmation de son absolue innocence, donna beaucoup de fil à retordre à ses juges (composés de Pelsaert et de l'état-major du *Sardam*) – tantôt il confessait, tantôt il reniait toutes ses confessions.

Finalement, il fut condamné à la pendaison, de même que six de ses acolytes les plus influents. Le tribunal décida de surcroît que Cornelisz aurait les deux mains tranchées avant de monter au gibet. Les exécutions eurent lieu le 2 octobre, dans l'île des Phoques dont le sol meuble se prêtait mieux à l'érection d'une potence. La veille de l'exécution, Cornelisz ayant obtenu du poison – on ne sut jamais comment – tenta de se donner la mort. Mais, soit que le poison fût éventé, soit que la dose eût été trop faible, il ne réussit qu'à s'infliger une abominable colique, et il passa toute sa dernière nuit partagé entre diarrhée et vomissements.

À la requête de ses complices, il fut pendu le premier : les autres, le connaissant bien, auraient sinon craint que leur ancien chef n'inventât à la dernière minute quelques nouveaux tours de sa façon et n'échappât ainsi à leur sort commun. Mais, avec ses deux poignets amputés, la fin de Cornelisz dut être rapide : l'hémorragie le tua certainement avant l'asphyxie. Ses comparses, eux, subirent le supplice final dans toute son horrible lenteur : à la différence de la pendaison moderne, relativement instantanée (car elle disloque les vertèbres du cou comme le condamné se trouve brusquement plongé dans le vide par l'ouverture d'une trappe), dans la pendaison à l'ancienne mode, c'était la strangulation progressive qui entraînait la mort. Les mouvements instinctifs et grotesques du supplicié qui accélérait ou ralentissait involontairement le resserrement du nœud coulant faisaient d'ailleurs de ce type d'exécution un spectacle également goûté du public populaire et de la société élégante – voire des âmes sensibles[1].

1. Ainsi, par exemple, au siècle suivant, dans un billet écrit de Milan à sa sœur, l'adolescent Mozart – il avait quinze ans – mentionne l'amusement qu'il avait pris à voir « quatre coquins qu'on pendait sur la place du Dôme », et il rappelle d'ailleurs que, tout enfant, il avait déjà savouré ce même divertissement cinq ans plus tôt à Lyon.

Si l'on en croit le témoignage du *predikant* dont il avait d'ailleurs refusé l'assistance, les derniers mots que cria Cornelisz en montant au gibet furent : « Vengeance ! vengeance ! ». Aussi comprend-on que cette exécution soulagea Pelsaert d'un grand poids : il aurait redouté sinon d'avoir à faire encore un mois de mer avec le diabolique apothicaire à son bord. Même enchaîné, de quelles machinations n'eût-il encore été capable ?

Cette affaire une fois réglée, Pelsaert put consacrer les six semaines qui suivirent à la question qui préoccupait le plus ses supérieurs : le sauvetage des trésors du *Batavia*. Non seulement il réussit à repêcher neuf coffres bourrés de monnaie d'argent, mais il poussa la conscience plus loin : une futile tentative pour récupérer un dernier petit baril de vinaigre sans grande valeur résulta dans la perte d'un canot, emporté par un grain subit avec les cinq hommes qui le montaient.

Le 15 novembre 1629, le *Sardam* quitta définitivement les Abrolhos. Pelsaert ramenait à Batavia soixante-dix survivants, dont seize criminels dans les fers. En cours de route, il abandonna deux de ces derniers sur la côte du continent australien. Il avait commué leur peine de mort, mais se doutait bien que ces messieurs de la VOC n'auraient pas ratifié une telle clémence : il s'agissait, d'une part, du successeur de Cornelisz, qui, une fois en position d'autorité, avait arrêté les massacres, et, d'autre part, de cet adolescent qui pleurait pour qu'on lui laissât enfin égorger quelqu'un : son jeune âge semblait atténuer ses crimes. Ils furent tous deux laissés sur une plage déserte ; pour involontaire qu'eût été leur arrivée, on peut cependant dire que ces deux assassins furent les tout premiers colons européens à s'établir en Australie. On les avait munis d'un sac rempli de pacotille et de ces petits jouets en bois appelés Nurenbergen (du nom de la ville où ils étaient fabriqués) pour faciliter leur éventuelle fraternisation avec les indigènes, s'ils en rencontraient. On ignore ce qu'il advint d'eux : ils furent avalés par l'immensité de la brousse, et nul ne les revit jamais.

Arrivé à Batavia, Pelsaert livra ses quatorze prisonniers restants aux autorités, qui s'empressèrent d'en pendre encore cinq, et soumirent les autres à des supplices variés.

Le seul héros de toute cette histoire, Wiebbe Hayes, fut immédiatement promu porte-drapeau, avec une substantielle augmentation de salaire. La nouvelle de cette promotion constitue aussi la toute dernière mention que les archives font de lui. On ne sait ce qu'il est advenu de lui ensuite.

Quant à Lucretia, après avoir été successivement victime d'une obscène agression, naufragée, violée et forcée de devenir la concubine d'un psychopathe sanguinaire, en débarquant à Batavia, elle découvrit que, sur ces entrefaites, elle était devenue veuve : son mari, envoyé en Birmanie, y était mort deux mois plus tôt d'une fièvre tropicale. Toujours belle, semble-t-il, elle se remaria l'année suivante avec un militaire. Le couple regagna la Hollande cinq ans plus tard, puis on perd longtemps sa trace, mais il se pourrait bien qu'elle fût morte à Amsterdam en 1681, à l'âge de près de 80 ans. L'identification n'est pas certaine, mais elle est plausible. Cette femme avait une vraie aptitude à survivre, ce qui, après tout, est une autre forme d'héroïsme.

*

* *

Malgré toutes les épreuves et privations qu'il avait rencontrées dans son île, Robinson Crusoe versa des larmes quand il dut la quitter. On comprend son sentiment. Je n'ai passé que quinze jours aux Abrolhos, mais il me semble que j'y serais volontiers resté six mois. Évidemment, je n'étais pas naufragé. N'empêche, sans Cornelisz, si les rescapés du *Batavia* avaient su s'organiser et exploiter les ressources des deux grandes îles et du lagon, ils auraient pu jouir là d'une paix qui ressemble assez au bonheur. Bien qu'elles soient généralement arides et presque sans cesse balayées du vent, les îles jouissent d'un climat très doux. Si les grains de pluie sont fréquents en hiver, la brise est constamment tiède et le soleil ne tarde jamais à reparaître, et alors, comme le bleu du ciel rejoint le bleu de l'océan, l'archipel tout entier se trouve transfiguré : mangé de lumière, il semble se dissoudre dans l'immensité.

Aujourd'hui encore, les îles sont inhabitées, sauf durant la saison de la pêche à la langouste. Vers la fin de mars, les bateaux venus du continent rallient l'archipel. Les pêcheurs ont établi à terre ce qu'ils appellent leurs camps, qu'ils viennent réoccuper chaque année pendant trois ou quatre mois : ce sont des cahutes semi-permanentes, bricolées à grand renfort de panneaux préfabriqués et de tôle ondulée. Ils ont installé les mouillages de leurs bateaux aux rares endroits du lagon où l'eau est tout à la fois profonde et abritée et, pour pouvoir loger le plus près possible de leurs mouillages, ils ont entassé leurs bidonvilles sur deux îlots – le Gros Pigeon et le Grand Rat – tellement exigus que, en leur temps, les naufragés du *Batavia* les avaient entièrement négligés. Il y a une cinquantaine d'années, une entreprise d'extraction du guano était venue en racler les rochers jusqu'à l'os ; et maintenant, chaque mètre carré de leur surface quasi lunaire se trouve recouvert d'un entassement de cagibis hétéroclites et branlants. Une demi-douzaine de pêcheurs ont toutefois choisi de s'établir à l'écart de cette cohue, et ont préféré dresser leurs camps sur Beacon Island – le fameux Cimetière du *Batavia*. C'est là que j'ai séjourné.

L'archipel constitue une réserve strictement protégée ; normalement, les touristes et les visiteurs n'y sont pas admis à moins d'être invités par un pêcheur. Mon hôte, Bruce D., était un vétéran d'une soixantaine d'années ; il était perclus d'arthrose et sa vue commençait à flancher (il n'aurait pas aimé cette description que je donne de lui, car quand il vint nous voir à Sydney, l'année d'après, il fut tout fier de nous présenter sa nouvelle conquête, la jeune et sympathique patronne d'un petit salon de coiffure) ; il avait largement passé l'âge de la retraite, mais comme il était propriétaire de son bateau, chaque année, il continuait à répondre à l'appel irrésistible d'une nouvelle saison. Je ne pense pas qu'il en avait matériellement besoin. Les pêcheurs de langouste travaillent dur, mais ils sont libres les trois quarts de l'année, et chaque saison leur rapporte une petite fortune. Bruce aurait pu confortablement se reposer. Était-ce la camaraderie du travail qui le rappelait dans les îles – ou étaient-ce les îles elles-mêmes ?

On approchait de la fin du mois de juin, c'était le plein hiver austral, et la saison de pêche se terminait. Presque tous les autres pêcheurs avaient déjà regagné le continent. Sur Beacon Island, il ne restait plus que Bruce – qui prétextait de vagues réparations à sa hutte pour s'attarder quelques jours encore – et un jeune couple, Rod et Barbara, dont le camp était à l'autre bout de l'île. Rod et Barbara étaient mariés depuis un an déjà, mais ils se comportaient comme de jeunes amoureux. Dans une société normalement dominée par des conventions rigides qui contraignent l'homme à être laconique, mâle et dur et où toute démonstration publique d'affection passe pour un honteux signe de faiblesse, il était remarquable de voir que Rod n'avait nullement peur d'afficher sa tendresse pour sa jeune femme. Bon marin, du reste, il avait un assez grand bateau avec un superbe équipement de navigation électronique, mais en cette extrême fin de saison, il ne pêchait plus guère que pour son amusement, semblait-il, et surtout pour jouir encore de quelques jours de solitude avec Barbara.

Tantôt avec le bateau de Bruce, tantôt avec celui de Rod, nous allions tous les quatre faire la pose et la relève des casiers à langouste, ou bien nous poussions au large pour tenter d'appâter des requins ou des espadons avec de gros hameçons à la traîne. Ou encore, on allait explorer les autres îles de l'archipel, remorquant derrière le bateau un dinghy à hors-bord de façon à pouvoir débarquer au hasard des grèves. Le soir, après le dîner, profitant de l'électricité que nous procurait un pétaradant groupe électrogène au diesel, on regardait une vidéo de quelque film aimablement idiot et, une canette de bière à la main, on s'endormait d'un coup, assommés par la bonne fatigue d'une journée de soleil, de mer et de vent.

Le temps passa ainsi, un peu comme il passe à bord d'un navire au long cours : il n'y eut plus qu'un seul jour immobile, tantôt blanc, tantôt bleu. Et puis soudain, ce fut pour moi le moment de regagner le continent. Comme j'achevais de boucler mon sac, Bruce me dit : « Tiens, avant de partir... » Il s'interrompit, hésita un instant, puis reprit : « Bah, tant pis, je vais quand même te montrer ça. Mais promets-moi de ne pas en parler, sinon j'aurai des embêtements. » Il prit sur l'étagère, au-dessus du garde-manger, une boîte carrée en plastique mauve – une de ces boîtes de trois litres dans lesquelles les supermarchés vendent la glace aux fraises. Il la déposa sur la table de la cuisine et enleva le couvercle. La boîte contenait un crâne humain, tout vieux et jauni. « Le mois passé, pour l'agrandissement de ma cuisine, j'avais commencé à piocher le sol avant de couler le ciment – et je suis immédiatement tombé sur deux squelettes. Je n'ai gardé que ceci, j'ai recouvert le reste avec mon ciment. Ils sont là, sous nos pieds. Mais il ne faut rien dire à personne, sinon j'aurai la police ici, et ils viendront du continent avec les archéologues et tout le reste, et ils me ficheront toute la cuisine en l'air. » Avec une grimace joviale, il referma la boîte mauve, qui reprit sa place sur l'étagère, entre la bouteille de sauce tomate et le vinaigre.

Il était temps d'embarquer. Dehors, il faisait radieux : les beaux jours d'hiver ont ici une douceur que même les étés d'Europe possèdent rarement, il me semble. Loin vers le large, le tonnerre inlassable du ressac explosant sur les récifs ponctuait paisiblement le silence. À cet instant, une évidence s'imposa : cette histoire des naufragés du *Batavia*, il faudrait absolument qu'on la raconte. Mais de quelle façon ? Je savais seulement comment elle devrait commencer

– par ce vers d'*Iphigénie en Tauride* qui m'avait obstinément trotté en tête tous ces derniers jours, comme une obsession :

**La mer lave tous les crimes des hommes.*

PROSPER

... Entre toutes les merveilles du monde, il y a la mer, je crois, la mer elle-même, – ou bien est-ce seulement la jeunesse ? Qui peut le dire ? mais vous autres, – vous avez tous eu quelque chose de la vie : de l'argent, de l'amour – tout ce que l'on trouve à terre,– eh bien ! dites-moi, n'était-ce pas le meilleur temps, ce temps où nous étions jeunes à la mer, jeunes et sans rien à nous, sur la mer qui ne vous donne rien, que de rudes coups...

Joseph Conrad, *Jeunesse*

Quand j'étais étudiant, durant le dernier été que je passai en Europe avant de partir pour l'Extrême-Orient, j'eus l'occasion de naviguer à bord d'un thonier breton – un des rares bateaux qui travaillaient encore à la voile.

Le hasard d'un rangement vient de me faire retrouver le récit – vieux de quarante-cinq ans – que j'avais fait de cette « marée[1] ».

Je le reproduis ici avec quelques menues retouches de forme, mais sans essayer d'en modifier le fond, car ces souvenirs me sont chers et ils évoquent un monde qui a disparu.

1. Les marins bretons appellent chaque campagne de pêche une « marée ».

Jusqu'à Auray en train. La vraie Bretagne ne commence, semble-t-il, qu'à la sortie de la gare, dans l'autobus qui conduit à Étel.

C'est le jour de l'Assomption. Ce matin, les Bretonnes sont allées à la messe et elles retourneront tout à l'heure à l'église pour les vêpres, tandis que les Bretons, eux, ont passé la journée au café. L'autobus est rempli de femmes en longue jupe noire et coiffe de dentelle. Il y a quelques marins endimanchés et aussi un abbé, taillé comme un bûcheron, qui lit son bréviaire.

L'autobus doit s'arrêter un moment en rase campagne pour permettre à l'un des marins ivres de pisser contre le talus. Les femmes lui lancent des quolibets assaisonnés de gros sel paysan. Premier contact avec les ivrognes du pays que j'apprendrai bientôt à mieux connaître. (Mais au fait, pourquoi diable dit-on « saoul comme toute la Pologne », alors que la Bretagne est quand même plus proche ?)

La route louvoie dans une campagne verte qui ne se laisse entrevoir que brièvement, du haut des courts raidillons. Pour le reste, les murets gris et les haies vives découpent le pays en une infinité de coins secrets. Les villages de pierre, à toits d'ardoise, font le gros dos sous leurs arbres courtauds. Sans être jamais venu par ici, je me sens presque chez moi.

*

* *

Aux jours de sa splendeur, le port d'Étel armait jusqu'à deux cents voiliers pour la pêche au thon, mais maintenant, comme partout ailleurs, les « pinasses » à moteur ont presque entièrement remplacé les traditionnels cotres à tapecul ; aujourd'hui il n'en reste plus que deux : *Prosper* et *Étoile de France*.

J'avais appris que le patron du *Prosper*, M. Pessel, acceptait de temps à autre d'embarquer un passager. Il m'avait lui-même confirmé la chose par lettre, au début du printemps. Son mot était laconique, et ne l'engageait guère : il me suggérait simplement de passer le voir cet été, entre deux « marées ».

Quand j'arrivai à Étel, le patron, rentré depuis quelques jours, était en train de jouer aux boules avec des copains. Je tombais mal : il avait manifestement oublié sa vague promesse (et, comme je devais le découvrir dans la suite, il avait déjà accordé cette même faveur à un autre jeune volontaire). Surtout, il avait envie de reprendre sa partie interrompue. Perplexe, il me toisa un moment, puis haussa les épaules. « C'est bon, fit-il enfin, vous pouvez descendre votre sac à bord et vous installer. Nous appareillons après-demain. Cette marée-ci sera longue, un mois sans doute. » Et il retourna à ses boules.

*

* *

C'est Louis, un des matelots du *Prosper* – je l'avais rencontré sur le port –, qui m'avait conduit chez le patron. Une fois la chose arrangée avec celui-ci, il s'offrit à me ramener à bord. J'acceptai. Le chemin fut long, l'itinéraire ayant été judicieusement conçu pour nous faire passer par tous les cafés de la petite ville. Là, derrière les invariables chopines de rouge, furent jetées les bases d'une solide amitié.

Louis n'a plus de famille ; aussi les séjours à terre lui sont-ils fatals : il ne s'arrête de boire que quand il chavire dans le sommeil. Comme il mène ce régime depuis des années, il n'est plus jamais ivre, mais seulement imbibé de façon permanente. Ses yeux clignotent comme s'ils étaient blessés par la lumière du jour ; sa tête dodeline sans arrêt ; on dirait qu'il va s'endormir à tout instant. Il ne mange presque plus : le vin rouge est devenu pour lui ce que le lait est au nouveau-né. Son état lui inspire une sorte de douceur conciliante ; il déborde de bienveillance, mais il n'est pas vraiment là. Cette semi-absence contraste avec le gabarit envahissant et les gestes carrés de ses compagnons de bord. Il a acquis un réel détachement ; ainsi par exemple, quand les autres, sans malice, font de grosses plaisanteries sur sa femme qui l'a quitté, il se contente d'esquisser un sourire débonnaire – mais on sent qu'il est loin de tout ça.

Toutefois, il est bon marin, et en cela, il résume les contradictions du singulier équipage du *Prosper*. Il n'y a plus beaucoup de pêcheurs qui consentent encore à embarquer à la voile, car c'est une navigation dure, aléatoire et de moindre rendement. Aussi le patron ne trouve-t-il plus guère à embaucher que des épaves comme Louis, ou alors des vieux, incapables de soutenir le rythme du travail sur les pinasses. D'autre part, cependant, les matelots qui savent encore manœuvrer à la voile se font de plus en plus rares et, de ce point de vue-là, l'équipage du *Prosper* représente une authentique élite – le dernier carré qui continue à défendre et illustrer le plus ancien et le plus savant de tous les métiers de la mer.

Mais cette année-ci, à la fin du printemps, au moment où l'on réarme les bateaux pour la saison du thon, Louis faillit ne pas pouvoir rembarquer. À la visite médicale de l'Inscription maritime, il se trouva rejeté par un veto formel du médecin. Ceci risquait de l'enfermer dans un cercle vicieux : il ne peut échapper à l'alcoolisme que dans la mesure où il navigue, et on lui interdit de naviguer à cause de son alcoolisme. Le patron était fort ennuyé : d'abord parce qu'il aurait difficilement trouvé à le remplacer, et ensuite parce qu'il craignait pour lui les effets néfastes de cette relâche forcée. Enfin, il trouva la solution : il l'inscrivit au rôle en qualité de passager.

*

* *

Pour le moment, comme *Étoile de France* est encore en mer, *Prosper* est l'unique voilier du port. À quai, parmi les pinasses massives et lourdaudes, il tranche comme un animal d'une autre race : imaginez un cerf au milieu d'un troupeau de vaches. Bas sur l'eau, avec sa coque longue et fine et sa haute mâture qui surgit d'un fouillis méthodique de haubans, étais et drisses, il a vraiment fière allure. Un œil exercé reconnaîtrait en lui un enfant des chantiers de Camaret – c'est là qu'il est né, en effet, il y a déjà plus de vingt ans : l'élancement et la sveltesse de son étambot signalent clairement son origine et font de lui, malgré sa taille respectable, un voilier ardent comme un yacht. Le pont entièrement dégagé pour la manœuvre n'est percé que de deux écoutilles ; l'une, en avant du mât, donne accès à la cale à poisson et à la soute aux voiles ; l'autre, à l'arrière, juste devant la barre, s'ouvre sur la descente du poste.

À peine arrivés à bord, nous entendons un grand remue-ménage et des jurons confus venant du poste. J'y descends, et fais la connaissance de Robert. La connaissance n'est pas réciproque en cet instant, car il semble hors d'état de connaître quoi que ce soit, y compris dans quel sens on enfile un pantalon. Ce géant jovial et hirsute fête aujourd'hui son trente-deuxième anniversaire ; mais dans l'euphorie du vin, il s'est oublié et a dû regagner le bord pour changer de pantalon. L'opération s'est compliquée du fait qu'il essaie d'enfiler le pantalon propre en passant les deux jambes dans la même pipe. En caleçon, il saute à cloche-pied, se cogne la tête au plafond, retombe assis, et fait des efforts affreux pour articuler des imprécations, car même à jeun il est bègue. Tandis que Louis, charitable, va à l'avant soutirer un litre de rouge pour lui éclaircir les idées, j'inspecte les lieux : le poste est une pièce basse et obscure où l'on descend par une échelle raide ; la seule lumière est celle qui tombe de la claire-voie. Une table est fixée contre la cloison du fond ; un banc court le long des trois autres parois qui sont percées de quatre ouvertures sombres, comme des placards sans portes. Ces petites cavernes sont les « cabanes », ou « crèches », qui servent d'alcôves aux matelots. Dans chacune de ces niches, longues et basses, où l'on ne peut se tenir que couché ou assis, il y a tout juste la place pour une grande paillasse. Seuls le patron et le vieux Félix disposent d'une crèche individuelle ; les autres couchent deux par deux et trouvent encore le moyen de caler, entre la paillasse et la muraille, leurs paniers – de petits garde-manger individuels où chacun conserve sa provision de beurre, de saucisson et de fromage.

Le poste est le cœur du bateau ; c'est là

qu'on mange, dort, discute et vit tous ensemble. Même quand le bateau est au port, inactif et déserté, ici tout rappelle encore cette présence vitale : de lourds vêtements de mer, lainages, cirés et suroîts, sont jetés en désordre sur les bancs ; les bottes et les sabots s'entassent dans un coin ; chacun a son quart à café émaillé qui pend à un clou ; sur la table, traînent *L'Almanach du marin breton*, une bouteille vide, du tabac et un couteau. Il flotte sur tout ça une odeur de barrique à vin, de poisson, de vêtements de caoutchouc et de paille humide.

Ayant enfin réussi à enfiler son pantalon, Robert veut nous emmener boire à terre. Mais Louis a pris de bonnes résolutions : ce soir, il reste loger à bord avec moi, il ne veut pas recommencer la tournée des cafés. Robert se hisse sur le pont ; nous entendons décroître ses pas incertains, il passe à bord de la pinasse en couple de laquelle nous sommes amarrés, et par je ne sais quel miracle parvient à atteindre l'échelle du quai.

Louis ouvre une boîte de singe et va soutirer un autre litre de rouge à la barrique. À la lueur de la lampe à pétrole, un quignon de pain dans une main, le couteau dans l'autre, nous piochons ensemble dans la boîte de conserve.

Le souper achevé, Louis termine la bouteille et se lance dans un monologue que je réentendrai souvent. Taiseux d'ordinaire, il lui arrive parfois le soir, tandis qu'il finit le dernier litre de la journée, de s'abandonner à une vague béatitude et de commenter à mon usage les merveilles de la vie du bord ; c'est que le bateau est devenu tout pour lui – sa maison, sa famille, son refuge : « Vois-tu, Pierre, nous autres on n'est pas des sauvages. À bord, c'est comme qui dirait la vie de famille. Tu me dis Louis, je te dis Pierre. On s'engueule des fois, bien sûr ! Quand Robert il me dit je t'emmerde, je lui dis moi à Robert tu me fais chier. Mais c'est le métier qui veut ça. Parce qu'ici on n'est pas des sauvages, ah non, c'est la bonne vie, dame oui, c'est la vie de famille... » Sur ce thème, il est infatigable ; bien qu'il répète perpétuellement la même chose, le sujet lui semble inépuisable : il ne finira jamais d'en contempler la grandeur. Il n'a pas tort.

Imaginez en effet ces six hommes qui vivent les uns sur les autres, jamais seuls, chacun connaissant tout de ses compagnons, jusqu'à ces humiliantes petites vérités que, à terre, même le voisinage le plus étroit ne saurait faire découvrir ; on sait qui est paresseux et qui est lâche, qui est gourmand, qui ronfle et qui est vantard, qui est maladroit et qui est trompé par sa femme. On échange les mêmes histoires et les mêmes blagues – mais le fait est qu'ils ont partagé les mêmes expériences et connu la même existence : la mer depuis l'âge de douze ou treize ans, et la mer avare de son poisson, et les saisons avares de leur clémence, et la chance avare de ses sourires ont eu à peu près le même visage pour tous.

Il en est peu qui n'aient déjà un frère, un

cousin, un oncle ou quelque autre parent « péri en mer ». Et chaque fois qu'un bateau se perd, l'un ou l'autre se souvient d'avoir navigué à son bord ; presque tous en connaissent l'équipage et y comptaient de vieux camarades. Et pourtant, fatalistes, ils repartent sans faire de phrases. Leur vie a été tracée une fois pour toutes ; cette communauté de la mer, même à terre ils ne peuvent s'en dégager. Leur petite ville aux lourdes maisons de pierre, plantée sur la rive nue d'une baie bretonne, est complètement tournée vers l'océan – elle ne vit que par lui, elle ne vit que pour lui. Dans le haut, l'usine de conserve de poisson fait écho à la rumeur du port qui monte d'en bas, et quand l'usine laisse s'écouler ses eaux bouillantes qui dévalent par toutes les rigoles des rues jusqu'à la mer, l'odeur de poisson imprègne la ville entière.

Dans la grand-rue se croisent ceux qui partent pour la pêche et ceux qui en reviennent ; les premiers portent leurs paniers grinçants d'osier vernissé avec leurs pots de beurre frais et leurs gâteaux secs, l'un ou l'autre plie sous le poids d'une paillasse neuve ; les seconds remontent en louvoyant d'un café à l'autre et donnent des nouvelles de leur voyage.

Les femmes, sans avoir jamais navigué, savent le langage de la mer et des bateaux. Elles connaissent les vents et les marées, elles déchiffrent les signes du temps qu'il fera demain, songent à ceux qui sont au large. À la sortie de la messe, dans les magasins, au coin des rues, on parle moins de ce qui se passe à terre, « en France », que des nouvelles venues de la mer, la mer à qui cette ville, à force d'attente et de départs, semble appartenir plus encore qu'au rocher sur lequel elle est bâtie : « – Vous avez entendu ? *Belle-Monique* a été abordé par un cargo dans le canal Saint-Georges ; on dit que le patron est disparu. – *Étoile de France* n'est pas encore rentré : ça leur fait maintenant plus de trente-cinq jours de mer. – Ils seront descendus trop loin dans le sud et n'auront pas trouvé le vent pour rentrer. Vous vous rappelez ? l'*Espoir des Familles* a eu la même aventure il y a quelques années : quand ils sont revenus, il y avait déjà dix jours qu'ils n'avaient plus de pain, et ils avaient dû entamer le biscuit ! – *Douce-Amélie* est rentré ce matin, avec treize cents thons ! Presque tous pêchés dans les cinq derniers jours : ils ont toujours de la chance ceux-là... – Dame oui, c'est un bateau "pêchant", et connu pour ça... »

Quelques anciens – le patron du remorqueur, par exemple, et le passeur – sont dépositaires d'une tradition encore plus haute, et peuvent vous raconter les aventures de leur jeunesse, du temps où ils naviguaient sur les grands trois-mâts de Nantes qui s'en allaient chercher du nitrate au Chili par la route du cap Horn...

*

* *

À bord du *Prosper*, les préparatifs du départ s'achèvent : on embarque la glace, les vivres frais, le pain et le vin. Nous appareillerons demain, avec la marée de l'aube. Partir plus tard dans la journée, le patron ne peut y songer : il ne faut pas que l'équipage ait eu le temps de se saouler avant de monter à bord. (C'était pareil à Ostende quand j'embarquais sur les chalutiers d'Islande.)

Cette nuit-là, vers une heure, j'entends dans un demi-sommeil des pas et des voix sur le pont. Mais ce qui achève de me réveiller pour de bon, c'est un hurlement de Robert : « Faites donc pas tant de bruit, il y a Pierre qui dort là en bas ! », et là-dessus, manquant la première marche de l'échelle, il en dégringole d'un coup tous les degrés et roule jusqu'au pied de ma « cabane », dans un fracas d'avalanche alpestre. Louis, plus somnambulique que jamais, le suit, trébuchant à chaque marche, mais ne tombant jamais. (La boisson a pu ruiner sa santé, mais elle ne l'a pas privé de son sens marin de l'équilibre : je l'ai vu grimper au mât, ou évoluer sur le bout-dehors de foc par gros temps, avec une sorte de précision hagarde, alors même qu'à terre il aurait été incapable de marcher droit.) Ils ont amené à bord deux matelots d'un autre bateau pour arroser avec eux le départ proche. Louis va à l'avant soutirer quelques litres de rouge : la cambuse est une de ses fonctions officielles – c'est lui qui est chargé chaque jour de remplir les litres de l'équipage en allant siphonner à la barrique avec un long tuyau en caoutchouc auquel d'ailleurs il tète avec plus d'énergie que n'en requièrent les lois physiques des vases communicants.

Pour que je vienne trinquer avec eux, ils m'extraient de ma « cabane » avec cette opiniâtreté que mettent toujours les ivrognes à éliminer tout vestige de sobriété qui pourrait encore subsister dans un certain rayon autour d'eux. Robert veut commencer un discours ; les efforts qu'il déploie pour surmonter son bégaiement lui font rouler des yeux terribles, les veines de son cou se gonflent, on ne sait pas s'il va commencer une bagarre ou raconter une bonne blague. Louis, silencieux, explore le vide d'un œil trouble ; l'un des visiteurs raconte un interminable récit de naufrage et de contrebande auquel nul ne prête attention, même pas lui, semble-t-il. Finalement, ils s'en vont ; seul Louis reste. Il empoigne la dernière bouteille, se visse le goulot à la bouche, la vide d'un trait, et s'effondre comme un bœuf à l'abattoir, en travers de la paillasse la plus proche – celle du patron – où il se met instantanément à ronfler comme un moteur.

... Quand j'ouvre les yeux, en haut de l'échelle, un carré de jour gris se découpe dans l'entrebâillement du capot. Le poste est vide et j'entends des pas nombreux résonner au-dessus de ma tête. Ô les bruits de l'appareillage sur un bon voilier en bois ! Les bottes et les sabots qui se hâtent sur le pont réveillent tous les échos de la coque engourdie depuis bien des jours déjà dans l'immobilité du port...

Tout l'équipage est là, frais et dispos, y compris Robert et Louis : la mer les attend, ce sont d'autres hommes. À sept, tous ensemble, du mousse au patron, ils sont en train de déhaler à bras le bateau sur ses amarres pour le faire éviter ; une fois bout au vent, mais toujours à l'amarre, on pourra hisser la grand-voile. Celle-ci est énorme et lourde – sa corne à elle seule pèse le poids d'un beau jeune arbre – aussi la seule concession qu'on ait ordinairement faite au machinisme sur les voiliers de pêche fut de les équiper d'un treuil à moteur ; mais comme il y a rarement dans les équipages des mécaniciens compétents pour s'occuper de ces moteurs, les mésaventures furent nombreuses : on raconte que, sur les premiers bateaux qui en furent munis, il arriva que le moteur, lancé au port pour hisser la grand-voile, continuât à tourner au large pendant quelque vingt-quatre heures, jusqu'à complet épuisement de son carburant, faute de quelqu'un qui sût comment l'arrêter.

Pour le moment toutefois sur le *Prosper*, le problème n'est pas de l'arrêter mais bien de réussir à le mettre en marche. C'est Louis qui a la haute main sur tout ce qui concerne ce moteur. Pourquoi Louis ? Peut-être parce que c'est lui qui fait fonction de cambusier et que le moteur est logé au beau milieu de son royaume, dans la soute avant où il va soutirer le vin ?

Louis disparaît dans les ténèbres de cette soute et, quelques instants plus tard, le moteur démarre dans une pétarade entrecoupée de hoquets peu rassurants. Chaque fois que l'on engage la drisse de grand-voile sur le volant du treuil, le moteur cale net, comme une mule qui se dérobe devant l'effort. On jure. Chacun avance son diagnostic : bougie ? Arrivée d'essence ? Périodiquement, la tête de Louis émerge du capot, le temps d'émettre un pronostic rassurant et l'annonce d'une nouvelle tentative. Évidemment, il aurait pu être utile de faire un ou deux essais dans les jours précédents, voire d'inviter un spécialiste à examiner l'engin. Mais enfin, nous sommes sur un voilier ; c'était déjà bien beau d'avoir condescendu à installer pareille mécanique dans cette fière coque de bois – s'il fallait encore s'en occuper maintenant (sans compter la dépense : car le patron est plutôt âpre) !... D'ailleurs, le patron, qui possède une admirable science de la voile, n'entend rien aux moteurs, et ça l'irrite d'entendre Robert et Louis étaler devant lui leur fausse science mécanicienne ; au fond, je le soupçonne d'avoir pris ce moteur en grippe (bien qu'il lui ait coûté assez cher) et de l'avoir sciemment privé des soins professionnels qui auraient pu le maintenir en bonne santé.

Une nouvelle tentative de Louis se conclut par un navrant chapelet d'explosions creuses. Le patron en a assez, d'autant plus que la galerie sur le quai et sur le remorqueur prodigue d'exaspérants conseils. « Laisse tomber. On va hisser à bras ! »

Et nous voilà, à huit cette fois, suspendus

de tout notre poids à la drisse du pic et du mât. L'effort unanime et rythmé gagne à chaque élan vingt centimètres de drisse ; le cri monotone d'une poulie mal graissée répond en haut du mât au halètement de notre grappe humaine, tandis que la grand-voile monte et se déploie avec une lenteur infinie.

Enfin établie, elle pend presque inerte, car la brise est faible et le bateau est déventé par le quai, mais de temps à autre une risée légère fait courir un frisson dans la toile ocre rouge délavé qui s'anime un instant avec un claquement.

L'effort a été dur. Le patron appelle le mousse : « Monte les bouteilles de rouge... » et après un instant d'hésitation, car il est regardant (mais cette fois la circonstance est spéciale) « et du blanc aussi, pour ceux qui préfèrent. » Il faut savoir que, normalement, chaque homme reçoit chaque jour deux litres de vin ; mais en dehors de cette ration quotidienne que chacun consomme en privé, comme il lui chante, il y a encore la cérémonie des libations collectives, marquant l'accomplissement d'une manœuvre qui a nécessité le concours de tous les bras – et quand la manœuvre a été particulièrement lourde ou difficile, son caractère exceptionnel est souligné par un choix offert entre le rouge et le blanc.

Le mousse apporte les bouteilles et *le* verre – car, si chaque homme a son propre quart pour le café, le rite du vin s'exécute, lui, avec le seul et unique verre du bord. Le mousse remplit le verre à ras bord et le présente au patron, dont c'est le privilège intangible de boire toujours le premier ; le verre, vidé d'un trait, est rendu au mousse qui le remplit à nouveau et le porte ensuite au père Félix. Après celui-ci, pour les autres, il n'y a plus d'ordre hiérarchique déterminé.

Le foc est rapidement hissé par deux hommes ; le remorqueur nous passe son amarre, et nous larguons celles qui nous tenaient à quai. Autrefois, il n'y avait pas de remorqueur et les voiliers effectuaient sans assistance leur entrée et leur sortie du port. Mais le patron n'a plus assez confiance dans les équipages d'aujourd'hui pour risquer les manœuvres précises et instantanées du louvoyage dans une passe étroite qui, de surcroît, est encore aux trois quarts obstruée par une barre redoutable – un invisible banc de sable dont la position est constamment mouvante et sur lequel les rouleaux déferlent, même au plus haut de la marée.

Le remorqueur nous largue peu après avoir franchi la barre. « Libre en mer par la grâce du vent », *Prosper* s'incline sur un bord, hume la lame et commence à tailler sa route : le rejaillissement régulier de l'eau sous son étrave fait ressortir le silence splendide qui est l'apanage du voilier. Vent de travers, par jolie brise sur une mer belle, *Prosper* atteint son allure triomphale ; il porte toute sa toile – nous avons encore hissé la trinquette, le hunier et le tapecul –, il appuie sa lisse sous le vent au ras de l'eau, l'étrave haute, l'arrière effilé s'allongeant au-dessus du sillage qui fuit en bouillonnant, balancé sur l'épaule d'une houle longue et régulière. Le bout-dehors qui semble prolonger son élan tantôt plonge dans les creux vers la vague qui se dénoue, et tantôt pointe vers l'horizon pâle et bleu.

Le mousse commence les préparatifs du repas. Il cuisine sur un poêle à charbon amarré à l'avant, dans la soute à voiles. Dans cette caverne obscure, où se mélangent de puissants remugles de chanvre, de goudron, de moteur, de vieille soupe aux choux et de fumée de charbon, il pousse tranquillement son fourneau au rouge, à un pas des voiles pliées, des glènes de cordages et des bidons d'essence du treuil. Quand la mer est trop forte, cependant, le poêle est abandonné, car le mousse ne peut maintenir la grande marmite dessus sans risque de se brûler, ni la transporter sans encombre à l'arrière en traversant le pont battu des lames. Il cuisine alors dans le poste arrière, sur un petit réchaud à gaz fixé dans un coin ; mais quand le bateau prend un certain angle de gîte, la flamme au lieu de chauffer le fond de la marmite vient lécher la cloison qui, parfois, commence elle-même à s'enflammer... jusqu'à ce que l'un ou l'autre finisse par s'en apercevoir : « Ah, garce ! C'est que ça brûle par là ! » Et si quelques coups de botte bien appliqués ne peuvent avoir raison du début d'incendie, une grande potée d'eau lancée à la volée vient y mettre bon ordre, soulevant un nuage de vapeur.

Le mousse a treize ans ; c'est sa première campagne de pêche. Les hommes sont pour lui ce que la mer est pour les hommes : une puissance d'une inexorable indifférence, que l'on ne peut se concilier que par la patience et l'adresse. Le mousse est donc passablement sournois, chapardeur et paresseux – c'est sa manière de subsister élastiquement dans un monde dur. La dureté n'est pas le fait individuel des matelots (quand il épluche sa montagne quotidienne de pommes de terre, par exemple, il y en a toujours l'un ou l'autre qui, spontanément, sort son couteau et lui fait la moitié de la besogne), elle découle plutôt de la force même des choses, comme une loi qui s'impose à tous et que nul ne juge bon de lui épargner en raison de son jeune âge.

La cuisine est sa principale attribution ; cette tâche ne requiert d'ailleurs aucune compétence particulière – il suffit chaque matin de mettre à bouillir dans la grande marmite une certaine quantité de pommes de terre, d'oignons, de carottes et de navets avec un quartier de bœuf ou des pieds de porc, et de laisser mijoter le tout jusqu'à ce que l'appétit des hommes exige que cela soit servi. La seule variante dans le menu est que, la pêche une fois commencée, le thon vient se substituer à la viande, dont le patron n'achète que le minimum nécessaire pour les quelques jours qui précèdent la capture du premier poisson. Et dès ce moment, le thon bouilli, frit, ou cru avec du vinaigre, constitue pendant un mois, midi et soir, l'aliment de base de tous les repas.

La charge d'assurer tous les autres petits conforts de la vie du bord incombe également au mousse : le café du matin, le thé du soir, le maintien d'une propreté (très relative) dans le poste. Il doit être à même de trouver immédiatement, et d'apporter à qui le lui demande, l'épissoir et le fil de caret dont l'un a besoin, ou le paquet de tabac et le briquet que réclame un autre. Dans la mesure de ses forces, il prête la main à la manœuvre sans qu'on doive lui expliquer deux fois. Du reste, on n'explique même pas une fois : il doit voir et deviner.

Les premiers jours, il a le mal de mer ; personne n'y fait attention – du moment qu'il exécute sa besogne, peu importe si sa figure tourne au vert. Serrant les dents, il descend surveiller sa marmite dans l'atmosphère empuantie de la soute. Parfois il s'interrompt dans son travail pour remonter sur le pont, le temps de vomir sous le vent par-dessus la lisse, puis il reprend sa tâche. Son mal de mer disparaîtra bientôt – son enfance aussi ; au retour, il sera un dur petit adulte de treize ans, sans rêves et sans jeux.

*

* *

Le vent étant complètement tombé en fin d'après-midi, nous nous trouvons encalminés par le travers de Groix ; la mer est inerte, les voiles pendent ; une houle à peine perceptible balance très lentement le *Prosper.*

Le vieux Félix est de quart. Il est assis, accoudé confortablement à la barre, à laquelle le bateau presque immobile répond à peine. Tassé sur lui-même, compact, rond et recuit, on pourrait croire qu'il somnole, mais ses petits yeux aigus, mine de rien, scrutent sans trêve l'horizon, inspectent le gréement, vérifient le cap au compas. Pour les marins expérimentés – et Félix a soixante-deux ans, dont cinquante ans de mer – le beau temps reste le visage le plus trompeur de l'océan. Aussi la vigilance du vieux Félix n'est-elle jamais engourdie : « Moi, mon gars, je sais bien que je ne suis qu'un vieux con... » ainsi commencent la plupart de ses observations, mais elles commandent invariablement l'attention et le respect de tous. Et quand les choses se gâtent, le patron lui-même sollicite toujours son opinion. À la manœuvre, il va plus lentement que les autres, mais il applique sa force avec une efficace économie – et quand la mer, le vent et le bateau l'exigent, il oublie son âge et se dépense sans compter.

Il y a dix ans, il a eu un cancer à la gorge. Les médecins qui ne lui donnaient plus trois semaines à vivre l'ont quand même opéré. Six mois plus tard, il était toujours vivant, et comme il commençait à s'ennuyer, il reprit la mer. Il lui reste une grande cicatrice, et il n'a presque plus de voix : il ne peut s'exprimer que par des chuchotements rauques ; ceci lui cause parfois d'extrêmes frustrations – ainsi, quand au cours d'une manœuvre délicate, il veut engueuler un matelot maladroit, mais ne peut plus lui adresser que des hurlements muets.

Mais le soir, dans le poste, une fois installé au fond de sa cabane, après avoir achevé son litre, il s'épanche. La nécessité d'économiser sa pauvre voix l'a amené à adopter un tour lapidaire, particulièrement efficace : il se sert de maximes brèves sur le plan de l'universel, indifféremment, qu'il s'agisse de raconter ses propres histoires – celle de son cancer, par exemple, que tous connaissent par cœur, mais écoutent toujours avec plaisir, pour le style – ou de jeter l'anathème sur quatre sortes d'individus auxquels il a déclaré une guerre implacable, une vraie guerre de religion : 1. les médecins ; 2. le docteur Bombard ; 3. les savants qui envoient des fusées dans la lune ; 4. les marins de cargo.

– Les médecins, parce qu'ils l'avaient condamné à mort, il y a dix ans.

– Bombard, lui, est l'objet de l'hostilité collective des pêcheurs, et pour des raisons complexes. La première est que jamais un homme de métier ne pourra accepter qu'un amateur ait quelque chose à lui enseigner. Comment un terrien pourrait-il en remontrer à des marins sur le sujet de la survie en mer ? La seconde est que Bombard vient déranger un grand nombre d'habitudes – principalement, celle de périr quand on fait naufrage – et veut instaurer de nouvelles (et coûteuses) obligations, dont celle d'avoir à bord un équipement de sauvetage effectivement capable de remplir sa fonction. Les bateaux de pêche sont équipés de canots de sauvetage qui, le plus souvent, seraient inutilisables en cas de naufrage ; le *Prosper*, par exemple, n'avait qu'un ridicule petit youyou, complètement pourri, qui, par gros temps, n'aurait guère pu porter qu'un tiers de l'équipage, à supposer qu'il n'eût pas coulé sitôt mis à l'eau. Du point de vue des pêcheurs, un canot de sauvetage ne peut servir qu'à deux choses : il s'agit d'abord de mettre le bateau en règle vis-à-vis de l'Administration ; et ensuite, une fois qu'il est saisi à poste sur le pont, il peut se transformer en fourre-tout commode : on y entasse des sacs de charbon pour le poêle, des rouleaux de cordage, de la toile à voile, des paniers et des cageots ; tandis que les radeaux que Bombard voudrait rendre obligatoires coûtent cher et ne peuvent servir qu'à leur fin première, en attendant laquelle il faut d'ailleurs les préserver soigneusement dans leur emballage[1].

– Les savants qui envoient des fusées dans la lune sont responsables du mauvais temps qui

1. Écrit en 1958. Entre-temps les réformes préconisées par Bombard ont heureusement été adoptées de façon tellement universelle et complète que les gens de mer ne sont même plus conscients que c'est à lui qu'ils les doivent. Dans les critiques que les pêcheurs formulaient à son endroit, une seule n'était pas dénuée de pertinence : Bombard avait mené son audacieuse et héroïque expérience de survie dans la zone tropicale de l'Atlantique ; elle aurait été irréalisable dans des eaux plus froides. (L'hypothermie tue plus vite que la noyade.)

maintenant pourrit tous les étés, et nuit à la pêche.

– Les marins de cargo, enfin, inspirent aux pêcheurs, et tout particulièrement à ceux qui travaillent à la voile, un mélange d'hostilité et de mépris. Du mépris, car leur vie est confortable et qu'ils ne savent plus ce que c'est que naviguer : ils se contentent de piquer un peu de rouille par-ci et de donner un petit coup de pinceau par-là. De l'hostilité, car chaque année il y a de nombreux accidents : des bateaux de pêche, en cape pour la nuit, se font aborder par des cargos dont les hommes de veille, à force de se fier à leur équipement électronique, ont perdu le simple usage de leurs yeux[1].

*

* *

Le vent s'est levé pendant la nuit. Tiré de sa dérive nonchalante, *Prosper* se réveille au premier souffle de la brise. Sur ma paillasse, dans un demi-sommeil, j'entends contre la coque qui résonne en creux la voix mystérieuse de l'eau qui court et chuchote le long du bateau.

Vers le matin, le vent forcit, la mer se fait dure. Nous naviguons au près, et malgré sa voilure fortement réduite, *Prosper*, ardent en diable, remonte le nez dans le vent et court sur les crêtes qu'il affronte avec un grand tremblement venu

1. Entre-temps, avec les progrès techniques, ce problème n'a fait que s'aggraver.

du tréfonds de ses membrures, tandis que l'embrun rejaillit de part et d'autre de l'étrave en deux jets qui s'abattent en sifflant sur le pont. L'homme de quart doit s'arc-bouter au timon de la barre pour contenir et diriger cette force réveillée, un peu comme un cavalier maîtriserait une monture intelligente et fougueuse. Bien tenu en main pour l'empêcher de venir vent debout, *Prosper*, pour le reste, sait d'instinct comment prendre les lames : plus hautes que lui, elles l'attaquent presque de front en le dominant de leurs crêtes que le vent dénoue en fumées, mais le bateau évite souplement la rencontre ; il se laisse porter un peu de biais jusqu'à leur sommet, d'où l'on aperçoit un instant l'étendue où se forment et se défont à l'infini, en longues files parallèles, les collines de la mer – puis il plonge vers la vallée nouvelle qui s'ouvre devant lui, tandis que la vague qu'il vient d'escalader, soulevant son arrière, achève de fuir derrière l'étambot...

Lorsqu'on descend dans la soute, maintenant, c'est une autre chanson ! Chaque pièce de la charpente gémit, grince et frémit dans le noir, et de grands coups sourds se répercutent à tous les échos de cette caverne.

Avec un vent pareil, nous marchons à bonne allure ; s'il se maintient, nous arriverons sur les lieux de pêche demain ou après-demain.

Nous approchons d'une des grand-routes maritimes les plus fréquentées et les plus dangereuses du monde, et nous allons devoir la couper en oblique : tous les bateaux qui descendent de la Manche et de la mer du Nord vers l'Atlantique, la Méditerranée et l'Orient, et tous ceux qui en reviennent passent par ici. Dès l'après-midi quelques silhouettes de navires se sont profilées à l'horizon. À la tombée de la nuit, nous apercevons des bateaux de plus en plus nombreux, du petit caboteur au grand pétrolier, en passant par les paquebots et les cargos de type et de nationalité les plus variés. Durant le jour, *Prosper* est encore assez visible grâce à sa haute voilure rouge, mais la nuit il n'a plus, pour affirmer son existence, que le point blanc d'un fanal à pétrole hissé en tête de mât – lumignon dérisoire aux yeux des grands navires qui foncent à toute vitesse sans jamais se dérouter d'un degré. De ceux qui se rapprochent de façon trop menaçante, c'est à nous de calculer en quel point leur route va couper la nôtre, et de manœuvrer en conséquence pour ne pas nous trouver sur leur chemin. Bien que les lois de la mer consacrent la priorité absolue des voiliers, si petits soient-ils, sur les navires à moteur même les plus grands, nous ne pouvons pas escompter que ces monstres prennent jamais conscience de notre présence ; surtout de nuit, ils nous couleraient bas et poursuivraient froidement leur chemin sans s'être aperçus de rien.

Cette nuit, le patron n'aura guère l'occasion de fermer l'œil. Il reste sur le pont, à côté de l'homme de barre, et le vieux Félix est venu les rejoindre tous deux. En bas, les autres ne dorment que d'un œil, tout habillés et prêts à regagner le pont au premier appel.

La nuit est sans étoiles, froide et noire. La brise souffle grand frais, mais reste maniable. La mer obscure, confondue avec le ciel, est toute piquetée des feux de position des navires qui font route alentour ; certains s'éloignent, la distance les fait clignoter puis les efface ; d'autres grossissent, menaçants.

Un grand paquebot brillamment illuminé nous passe à une ou deux encablures sur l'avant. Nous avons dû nous dérouter pour lui. « Ah !, ça se saoule le bec au champagne et ça ne sait même pas regarder devant soi ! », grommelle Étienne qui est à la barre et remet *Prosper* sur son cap. Notre bateau de bois qu'une seule longue vague suffit à posséder tout entier n'est rien dans le sillage de ce navire qui en écrase trois douzaines à la fois sous ses tôles impassibles. Combien de centaines d'hommes emporte-t-il ? Il y a là-bas des gens qui s'amusent, qui rêvent, qui festoient, qui dorment... Et nous, au ras de la houle, nous guettons jusqu'à l'aube, environnés de tous ces feux dansants.

Dans la matinée du lendemain, nous apercevons encore l'un ou l'autre bateau qui fait route plus à l'ouest de l'axe principal du trafic ; puis c'est fini, le passage dangereux est franchi, nous nous retrouvons enfin seuls sur la mer déserte – chez nous.

Sur le pont, il suffit maintenant d'un seul homme à la barre pour assurer la veille. Dans le poste, on cause. Ah, les conversations sans fin du gaillard d'arrière ! Il y a d'abord à commenter les faits divers de la *Liberté du Morbihan* dont on a emporté tous les numéros du mois passé. Quand ces sources littéraires sont épuisées, on se rabat sur les traditions orales : anecdotes et plaisanteries sont toutes bien ressassées, mais malgré leur usure elles peuvent encore servir. Ils en sont économes : une bonne histoire leur dure aussi longtemps qu'une paire de sabots. Et d'ailleurs certains sujets retiennent une saveur inépuisable : par exemple, savoir si Untel est cocu, s'il l'a été, ou s'il le sera...

Parfois, le patron raconte ses souvenirs de jeunesse : il est instruit et il a bourlingué. À vingt ans, il a quitté la pêche et il s'est engagé dans la Marine nationale où il a fait toute sa carrière. D'avoir visité quelques boîtes à matelots en Extrême-Orient, il lui reste le prestige d'un homme qui a vu le monde, et ces évocations exotiques tiennent toujours son auditoire sous le charme.

Fin de carrière, pensionné comme premier-maître, il s'est retrouvé dans son petit port natal, entre sa femme et ses deux grands enfants, n'ayant plus qu'à mener l'existence d'un rentier. Il aurait pu se contenter de gérer sa fortune (par sa femme, il a du bien : deux ou trois maisons qu'il loue aux estivants), mais l'ennui vint. C'est alors qu'il a racheté le *Prosper* et repris la mer. Il n'en avait certes pas besoin pour vivre, et d'ailleurs son bateau ne lui rapporte guère en proportion des efforts que requièrent son entretien et son exploitation. Aussi, chaque année, il annonce que c'est sa dernière campagne de pêche ; mais l'année suivante, il diffère l'échéance qu'il s'était assignée, et réarme *Prosper*. À terre, il dépérit ; il sent le poids de l'âge. À la barre de son bateau, il retrouve la vigueur de sa jeunesse.

Sur un voilier comme celui-ci, le patron est très proche de ses hommes. On l'appelle Maurice, tout simplement ; il travaille aussi dur que les matelots, faisant son quart à la barre et participant à toutes les manœuvres – tandis que sur les pinasses, bien souvent, le patron se contente de superviser la besogne du haut de la timonerie. On l'en respecte d'autant plus. D'ailleurs, il est seul à connaître la navigation théorique et astronomique, et à pouvoir se servir d'un sextant – encore qu'il ne touche presque jamais au sien : sa navigation à l'estime est étonnamment précise[1]. Il est investi d'une autorité absolue, et en assume la responsabilité complète : dans les moments difficiles, c'est lui qui prend la barre et lui seul que l'on entend, tandis que tous font silence et s'empressent d'exécuter ses ordres sans réplique.

D'ailleurs, en quittant l'uniforme et les galons de premier-maître pour reprendre le

1. Inutile de dire que tout l'équipement de navigation électronique – dont disposent aujourd'hui même les modestes plaisanciers – était inconnu à l'époque. Et, sur le *Prosper*, il n'y avait du reste ni électricité, ni batteries ou générateurs.

vieux béret et les sabots du pêcheur breton, il n'a pas abandonné pour autant les usages de discipline acquis dans la Marine de l'État. Il a des habitudes et des gestes qui rappellent à tous son ancienne dignité – ainsi, il dit « vous » à chacun[1], tandis que les autres se tutoient ; ou encore, au mousse qui apportait un jour la soupe de midi – c'était l'heure pourtant – il dit froidement : « Je n'ai pas encore dit d'envoyer la soupe. » Le mousse dut bien reprendre sa marmite, et péniblement la retransporter à l'avant et la redescendre sur le poêle, mais à peine avait-il terminé cette opération, rendue encore plus difficile par la grosse houle, que Maurice fit calmement : « Dites à François d'envoyer la soupe. »

Maurice est toujours souriant, mais au fond, froid et dur. Il a un remarquable contrôle de lui-même et une sorte de psychologie instinctive du commandement, qui lui donnent un grand ascendant sur ses hommes. Je me souviens d'une petite scène qui se déroula au port avec Robert, comme on déchargeait le poisson. Avec une splendide générosité d'ivrogne, Robert voulait lancer un des plus beaux thons juste tirés de la cale à des touristes qui l'avaient interpellé du haut du quai. Maurice lui enleva le thon des mains. L'euphorie de Robert vira d'un coup à la rage bleue : « Nom de Dieu ! Tu ne les as pas

1. Il s'agit, bien sûr, de la conversation ; quant aux ordres de manœuvre (vire, hisse, amène, largue, etc.), ils sont toujours, comme le veut la règle, à la deuxième personne du singulier.

pêchés tout seul ! Et si ça me chante, moi, d'en donner à qui me plaît ! » Et il enchaîna avec toute une diatribe où revenaient diverses rancœurs anciennes, entremêlées d'injures. Il s'arrêta court soudain. Maurice immobile comme un roc le regardait d'un œil glacial. Il y eut un long silence. Maurice dit enfin, d'une voix neutre, sans élever le ton : « Allez-vous-en. » Et Robert s'en alla, penaud comme un petit écolier pris en faute, et ne revint qu'une fois dégrisé. L'incident était clos, il n'en fut plus jamais question.

Maurice aurait d'ailleurs été fort ennuyé de perdre Robert, qui est de tout l'équipage le plus jeune et le plus costaud, et, après Félix, son meilleur marin. Et Robert aurait été encore plus malheureux de se brouiller avec le patron et de ne pouvoir réembarquer sur le *Prosper*. Déjà il avait décliné plusieurs offres d'embauche plus avantageuses que lui faisaient des patrons de pinasses, car il veut continuer à naviguer en compagnie de son oncle Félix, qu'il entoure d'une affection et d'une admiration sans bornes. Dans les manœuvres qui exigent de la force, sans que son oncle s'en rende compte, il s'arrange toujours pour être à son côté, où il déploie une énergie double, afin d'alléger l'effort du vieux.

Robert est bâti comme un gorille, mais il a autant de cœur que de biceps. Un plaisir auquel il ne peut guère résister, toutefois, c'est de faire enrager Gabi. C'est la seule victime qu'il puisse invectiver tout à l'aise ; étant bègue, il doit, en effet, éviter les adversaires qui ont la langue bien pendue ; or Gabi, lui, est un pur Breton qui parle à peine le français (il n'en use guère que pour chanter, mais là, chose curieuse, son répertoire traditionnel est remarquablement riche) – ce qui le met toujours en retard d'une répartie. Gabi est un peu la tête de Turc de tout le monde, et avec ses allures de cultivateur devenu marin par mégarde, il prête le flanc aux quolibets. Sans être vraiment maladroit, il est un peu lent, et aussi il ne peut exécuter de manœuvre sans que Robert ne se mette aussitôt à l'agonir : « Sacré martin ! manchot ! pharmacien de campagne ! » ; mais ces apostrophes laissent l'autre imperturbable. Incapable de placer son mot dans les conversations du poste, il mène une existence assez retirée. Bien installé dans sa cabane, il sirote son litre avec gourmandise et philosophie, ou se taille une délicate tranche de saucisson choisie dans les collections de son panier. La nuit, quand il est à la barre, il se chante pour lui seul de longues et vieilles complaintes, à voix basse d'abord, parce qu'il a peur que les autres rient. Mais les autres dorment. Alors sa voix s'affermit :

J'ai deux grands bœufs dans mon étable
Deux grands bœufs blancs[1]*...*

1. La chanson doit être assez ancienne ; Flaubert l'évoquait déjà dans *L'Éducation sentimentale*, deuxième partie, chapitre VI : lors de la petite fête chez Dussardier pour célébrer la libération de Sénécal, le pharmacien l'entonne tout en tournant le punch. Dans la version de Gabi, il était question ensuite de « voir périr mon épouse, plutôt

*
* *

Nous approchons des lieux de pêche ; le patron prépare lui-même les hameçons, les garnissant chacun d'une touffe de crin coloré ; il y a des floches blanches, des rouges, des jaunes. Les hommes gréent les lignes sur les tangons ; une fois les hameçons fixés au bout des lignes, les deux tangons sont abaissés au-dessus de l'eau, de chaque bord : ils s'étendent maintenant comme les deux ailes décharnées d'un immense oiseau. Le bateau poursuit sa route, la pêche est commencée. Le principe en est simple : les tangons – deux perches plus longues que le mât n'est haut –, assujettis à l'horizontale de chaque côté du bateau, supportent chacun sept lignes dont les fils parallèles traînent presque en surface. Ces quatorze lignes ratissent la mer de leur réseau léger. Maintenant il n'y a plus qu'à attendre que les thons se décident à mordre. Le barreur garde constamment toutes les lignes à l'œil ; là où le profane ne voit que quatorze fils également tendus par la vitesse et la résistance de l'eau, dès qu'un thon mord à un hameçon, le raidissement instantané du fil est aussi évident pour les pêcheurs qu'il demeure invisible pour moi.

Mais parfois on peut attendre des jours sans rien attraper. Il arrive que des bateaux passent

---

que mes grands bœufs » – mais je ne me souviens plus des paroles exactes.

plus d'un mois en mer pour ne ramener qu'une prise dérisoire ; d'autres fois, au contraire, il suffit de cinq ou six jours de chance pour remplir la cale à poisson. Parfois les thons se font prendre par dizaines, sans arrêt, ils se ruent sur les ridicules floches de couleur auxquelles leur vitesse dans l'eau donne l'apparence d'une proie vivante, mais à d'autres moments le leurre est inefficace, soit que le bateau n'ait pas assez de vitesse, soit qu'il en ait trop, ou que les lignes soient trop vieilles, ou qu'elles soient trop neuves, sans parler de tous les impondérables de l'heure, du temps qu'il fait, de l'état de la mer, de la température de l'eau... À un même endroit où le thon abonde et où deux bateaux pêchent dans le voisinage l'un de l'autre, il peut se faire que l'un ne cesse d'attraper du poisson, tandis que l'autre traîne en vain ses hameçons. Les marins les plus expérimentés n'auront jamais fini d'explorer tous les mystères de cette pêche. Les vieilles recettes du métier ressemblent d'ailleurs plus à des rites superstitieux qu'à des procédés rationnels ; et quand on leur demande le pourquoi de telle ou telle pratique, la réponse est invariable : « C'est plus pêchant. » Parfois c'est un bateau tout entier qui se trouve ainsi qualifié, et ce jugement sans appel (ou son contraire), prononcé par un expert, suffit pour emporter la confiance – ou entraîner la malédiction.

Et autrefois, avant l'usage de la glace, la pêche était encore plus aléatoire : il ne suffisait pas de capturer le poisson, il fallait encore réussir à le conserver jusqu'au retour. Les thons étaient empilés sur le pont, sous des bâches, mais il suffisait, par malchance, d'une brusque saute de temps pour qu'en une nuit tout le poisson se trouvât gâté. Et alors, à quelques jours du port, il fallait jeter à la mer le produit d'un mois de travail...

C'est parce que le thon a la réputation d'être capricieux et méfiant que sa pêche est régie par tant de strictes traditions – et qu'elle a continué si longtemps d'être pratiquée à la voile. Les pêcheurs étaient convaincus que les coques de fer et le bouillonnement de l'hélice effraieraient le poisson. Finalement des armements modernes, à la recherche de profits nouveaux, risquèrent la construction de thoniers à moteur ; l'expérience démontra bientôt que les nouvelles pinasses, malgré le coût du carburant, étaient d'un rendement supérieur : grâce à leur moteur, elles pouvaient se déplacer plus rapidement, et surtout, la pêche une fois finie, elles ne devaient plus attendre le bon plaisir du vent pour revenir vendre leur prise.

Ceci marqua la condamnation à mort des derniers voiliers de pêche, dont la disparition est maintenant presque complète. (En 1958, dans toute la vaste flotte de thoniers que la France armait de Concarneau à Saint-Jean-de-Luz, on ne comptait plus qu'une demi-douzaine de voiliers.)

*

* *

« Troisième ligne à bâbord ! », crie l'homme de barre. Étienne et Louis bondissent sur le pont. La première prise de cette marée ! Louis hale sur le rappel de la ligne et commence à embraquer le fil. Penché sur la lisse, Étienne guette le moment où la capture sera le long du bord ; il empoigne une basse-croque – longue gaffe terminée d'un crochet de fer, dont on se sert pour tirer le poisson hors de l'eau et le hisser sur le pont, en soulageant la ligne d'un poids qui risquerait sinon de la casser.

Enfin, voici au bout de la ligne une forme blanche qui se tord dans l'eau. Étienne plante la basse-croque dedans et jette sur le pont un beau poisson qui, de sa queue, gifle les planches à grand bruit. – « Ah, le salaud ! un bleu ! » C'est en effet un requin bleu. Étienne l'immobilise sous sa botte, arrache l'hameçon et, d'un coup de couteau, tranche à demi la tête du requin, qui se convulse avec frénésie, puis il le rejette à la mer. Une petite flaque rouge seule atteste le bref passage de l'indésirable.

En fin de journée, quatre ou cinq thons ont mordu. Après que la basse-croque les a amenés à bord, ils continuent à se débattre vigoureusement, et il faut les tuer en leur plantant d'un geste très précis un poinçon dans la tête. Ils sont aussitôt vidés, rincés et descendus dans la glace de la cale, sauf un, que le mousse suspend par la queue au pied du mât de tapecul, et qui servira à nos prochains repas. Chaque jour on vient en couper quelques tranches, comme d'un énorme pain.

*

* *

Journées de pêche. La mer abolit le temps. Deux points de repère dans la semaine : les jeudis et les dimanches, car ces jours-là, en plus du vin rouge, le patron fait déboucher des bouteilles d'apéritif.

La chance est inégale : quelquefois les heures coulent dans le vide, mais d'autres fois on se retrouve, le soir, le dos rompu à force d'avoir dû jouer de la basse-croque par-dessus la lisse pour crocher dans le thon. La nuit, on met le bateau en cape, barre amarrée, et l'homme de veille peut passer presque tout son quart en bas ; de temps à autre, il lui suffit de piquer une tête par le capot pour vérifier si le fanal brûle clair, tandis que *Prosper* garde sagement son cap, livré à lui-même et dérivant avec lenteur.

Un après-midi, le vent se mit à forcir. Nous avions déjà essuyé quelques grains précédemment, mais ceci devenait plus sérieux. La mer se creusait et blanchissait sur les crêtes ; on avait déjà amené la trinquette et le tapecul ; bientôt on dut établir le tourmentin à la place du foc, et prendre trois tours de rouleau dans la grand-voile. Les lignes avaient été rentrées depuis longtemps, et les tangons saisis à poste. Pour ces manœuvres, c'est le patron qui prend la barre ; tous les hommes sont aux drisses et se hâtent en trébuchant sur le pont ruisselant qui se dérobe sous leurs bottes. Les cordages mouillés se coincent, la toile raidie par le vent refuse de se laisser étouffer, des paquets de mer s'écrasent contre le bordage, rejaillissent en gerbes blanches et glacées sur les hommes au travail, tout le bateau renâcle avec des élans inquiets et des coups de roulis imprévus, comme l'homme de barre le laisse monter au vent pour permettre aux matelots d'étarquer les drisses.

La voilure de gros temps une fois établie, les hommes sont redescendus dans le poste. Avec sa toile ainsi réduite, *Prosper* a retrouvé un certain équilibre malgré la violence du vent et de la mer, mais l'homme de barre a dû passer un palan sur le timon, et pèse de toutes ses forces dessus pour contenir l'ardeur du bateau.

Le soleil se couche en étirant une lueur jaune sous un plafond de nuages noirs et bas dont la nuit vient bientôt nous cacher la course.

Au milieu de la nuit, un formidable fracas se fait soudain entendre dans le gréement, aussitôt suivi par les appels à l'aide de l'homme de quart, tandis que le bateau se met à rouler follement. Tout l'équipage se retrouve en hâte sur le pont à moitié vêtu, mal réveillé : la grand-voile vient de se déchirer d'un coup ; il n'en reste plus que des lambeaux qui claquent au vent, et la corne, que plus rien ne retient maintenant, bat à toute volée en haut du mât, entraînant le bateau dans des embardées sauvages.

Dans la nuit noire, il fallut amener sur le pont les haillons de notre grand-voile, et surtout cette corne démente qui balayait tout d'un bord à l'autre. Ce fut une dure et dangereuse manœuvre. Après cela, il n'y eut plus qu'à amarrer le tout sur le pont, et à hisser à l'arrière une petite voile d'artimon. Ainsi, avec la barre attachée, *Prosper* put dériver comme un bouchon sur l'énorme houle atlantique, sans plus offrir de prise aux assauts du vent et des vagues.

L'aube grisâtre nous trouva dans cette même position. Le vent avait encore augmenté de puissance et sifflait dans les haubans du grand mât, qui se dressait, singulièrement maigre et nu maintenant, sous un ciel bouché. Avec seulement un dérisoire bout de toile à l'avant et un autre à l'arrière, *Prosper*, abandonné à lui-même, se maintient consciencieusement à quatre ou cinq quarts du lit du vent.

La grand-voile perdue, la pêche interrompue, le gros temps qui persistait – rien de tout cela ne semblait entamer le fatalisme des matelots. Au moment même où l'accident les avait tirés de leur sommeil, ils avaient juré et maudit un bon coup, mais ce fut tout ; et dans la suite, ils n'échangèrent presque aucun commentaire sur cet accident.

En pareille circonstance, il n'y a d'ailleurs plus rien d'autre à faire qu'à attendre, entassés à l'abri dans une atmosphère saturée d'humidité et de relents de tabac et de poisson. Deux jours se passèrent ainsi à dormir, manger, boire et fumer. Le troisième jour, le temps redevint maniable, et nous pûmes enfin enverguer et hisser la grand-voile de rechange, puis on reprit la pêche.

*

* *

Un matin, Félix, qui était assis à l'arrière, en train de vider un thon, se mit soudain à saigner du nez. Les autres n'y firent guère attention tout d'abord, mais après un quart d'heure, comme il saignait toujours, ils commencèrent à s'inquiéter, surtout Robert, son neveu.

On lui donna une serviette-éponge en guise de mouchoir ; après un moment, Robert dut le tordre dans un seau d'eau de mer ; l'eau devint aussitôt brune et opaque. Il fallut refaire ce manège plusieurs fois ; le vieux se collait la serviette sur la figure, et bientôt il fallait à nouveau rincer et essorer.

Robert obtint finalement de Félix qu'il consente à se coucher dans sa cabane. « Mais je ne suis pas malade, moi ! » protestait le vieux. Vers le soir, le saignement n'avait toujours pas cessé. Robert se rongeait. Il montait la garde au chevet de son oncle, tâchant de prévenir ses moindres désirs pour que l'autre n'ait pas à s'épuiser en paroles. Il ne le quittait que pour laver la serviette qui n'était plus maintenant qu'une guenille sanglante, ou pour lui préparer du thé.

Le patron compulsait l'*Almanach du marin breton*, à la recherche du chapitre médical ; il se tenait sous l'écoutille pour lire en profitant des dernières lueurs du jour ; il avait ôté son béret et mis des lunettes à monture de fer. Je voyais d'en haut le sommet de son crâne, pâle et chauve, et je réalisai soudain qu'il était, lui aussi, un vieil homme.

L'*Almanach du marin breton* ne nous éclaira guère sur la condition de Félix, ni sur le traitement à lui donner. On lui mit des tampons d'ouate dans les narines et on ouvrit pour lui une boîte de lait condensé que Robert lui faisait absorber à intervalles.

Le patron était perplexe. Tous faisaient silence. Si l'affaire de Félix était grave, il fallait immédiatement abandonner la pêche et remettre le cap sur le port. Mais abandonner le travail... perdre des jours à regagner Étel et puis combien de jours encore avant de pouvoir repartir et reprendre la pêche ?...

Maintenant Robert était fou d'inquiétude. Il aurait voulu qu'on prenne aussitôt le chemin du retour. Nul ne pipait mot. « Rentrez les lignes, dit finalement le patron, et pare à virer. »

On vira lof pour lof sur une mer assez dure et on mit le cap sur la France. Sur ces entrefaites, la nuit était tombée ; malgré la force du vent, *Prosper* portait presque toute sa toile et courait grand largue, puissamment épaulé par une longue houle. Son étrave déchirait l'eau, tandis qu'à l'arrière la blancheur du sillage engendré par la vitesse luisait faiblement dans l'obscurité.

Robert veilla toute la nuit auprès du vieux,

protégeant jalousement son sommeil et guettant ses réveils pour lui faire prendre un peu de lait condensé. Félix, d'abord très agité, finit par se calmer peu à peu. À l'aube, il se trouvait prostré dans une grande faiblesse.

Dans la soirée du lendemain on aperçut le feu de Belle-Île, et vers minuit on mit à la cape par le travers de Groix. Le surlendemain matin le soleil levant éclaira la côte et l'entrée du port à quelques milles devant nous. Les hommes firent les préparatifs de l'atterrissage, ils mirent l'ancre à poste et engagèrent la chaîne dans l'écubier ; puis chacun transforma son quart à café en plat à barbe pour se raser. Quand ils furent tous rasés et lavés, on reborda le foc sous le vent, et *Prosper* se dirigea vers la terre.

À ce moment, le vent tomba. Le soleil montait dans un ciel bleu, présageant une radieuse journée d'été. Bien qu'il eût toute sa toile dessus, y compris le hunier, *Prosper* demeurait quasiment immobile sur une mer d'huile. Un panier fut hissé en tête de mât pour indiquer au sémaphoriste à terre qu'il devait nous envoyer le remorqueur.

Cependant, Félix s'agitait à nouveau ; il réclamait un miroir. Il demandait avec anxiété : « Est-ce que ma figure est la même ? Quelle tête est-ce que je fais maintenant ? »

*
* *

Une fois *Prosper* à quai, la nouvelle de l'accident s'est vite répandue. Robert et Étienne ont porté Félix jusqu'à un taxi. Sa vieille épouse était là, vêtue de noir, le visage calme et dur – toute l'angoisse réfugiée dans son regard.

Robert est revenu à bord un peu plus tard, pour débarquer les affaires de son oncle. Avec Louis, je l'aide, car il y a divers paquets : des bottes, un sac, des cirés et une singulière cassette de bois toute noircie par l'âge, portant gravés sur le couvercle un compas et d'autres symboles nautiques. Robert est à moitié ivre déjà. Lui seul doit porter la cassette, personne d'autre ne peut y toucher, dit-il. Il me raconte en bégayant et en pleurant une longue et obscure histoire, de laquelle il semble résulter que la cassette contient un souvenir de son père qui, avant de mourir, l'a confiée à Félix, à charge pour celui-ci de la transmettre ensuite à Robert. Son contenu demeure mystérieux : il est vaguement question d'une corne de bœuf (?) – mais ici les explications de Robert deviennent particulièrement embrouillées. Sous prétexte d'aller à l'autre bout de la ville emprunter une charrette à bras pour déménager les affaires de Félix, Robert et Louis m'emmènent faire le tour de tous les cafés. Finalement, à l'issue de chaque station, nous oublions invariablement quelque chose – une botte, ou bien le sac, voire la précieuse cassette –, et il nous faut alors revenir sur nos pas, reprendre un verre, repartir jusqu'à l'escale suivante, où le regroupement des bagages s'avère encore plus problématique. Enfin, nous arrivons chez Félix, où l'on nous verse à boire pour notre peine...

*

* *

L'état de Félix est sérieux mais stable. Le docteur pense que son saignement de nez l'a sauvé d'une attaque qui aurait pu être fatale.

Le patron ne tient pas à perdre trop de temps à terre. Pour remplacer Félix, il a embauché un nommé Job. Job est un ancien mécanicien de cargo. *Prosper* reprendra la mer avec la première marée du lendemain. Je ne puis l'accompagner cette fois, car je dois être à Marseille le mois prochain : mon passage pour l'Extrême-Orient est déjà réservé sur le paquebot des Messageries maritimes.

J'ai embarqué sur le remorqueur pour donner quand même un dernier pas de conduite à mes amis. On s'est crié adieu au large, quand la remorque a été larguée. Le patron était à la barre ; à l'avant, Robert hissait la trinquette avec Gabi et, malgré la distance, on entendait pleuvoir les « Sacré manchot !... Pharmacien de campagne ! ». La brise soufflait grand frais ; *Prosper* a incliné avec grâce sa haute voilure rouge, et ne tarda pas à s'effacer dans le lointain.

Trois mois plus tard, j'étais dans un autre monde – plongé dans la vie intense d'une université chinoise, emporté par le chaleureux tohu-bohu de mes camarades de dortoir –, quand un jour, j'eus la surprise de trouver sur la table commune de notre chambrée une longue lettre qui m'apportait à retardement l'épilogue du récit qu'on vient de lire.

Comme je l'ai mentionné en commençant, je n'étais pas le seul passager du *Prosper*. L'autre, un garçon de mon âge, taciturne mais attachant, était un Breton passionné par la mer. Tout enfant, il avait perdu l'usage d'un œil, et cette infirmité l'avait empêché d'entrer à l'École navale ; il rongeait donc son frein en occupant un poste de pion dans un lycée de Lorient, et, comme moi, il devait se contenter de naviguer durant ses vacances. Cette « marée » vécue ensemble nous avait rapprochés ; après l'accident de Félix, il était reparti avec le *Prosper*. Je lui avais écrit avant de quitter l'Europe pour avoir des nouvelles de ce second voyage. Sa réponse, retardée par la poste, me fut réacheminée par voie lente ; quand elle me parvint enfin, j'étais bien loin de l'univers qu'elle évoquait – et son effet n'en fut que plus profond. La voici :

... Mon second voyage n'a pas été plus monotone que celui que nous avions fait ensemble. On a eu toutes sortes de temps, du calme plat à la grande tempête. Mais toujours le *Prosper* s'est bien comporté.

Rappelle-toi notre départ. Ce jour-là il y avait une forte brise – à tel point que le patron hésitait un peu à partir – d'autant plus que nous avions vent debout. Mais M. Pessel n'aime pas perdre de temps...

À la fin de la première semaine nous avons aperçu une voile à l'horizon. C'était un thonier de Groix, un autre survivant de la marine à voile. Nous l'avons rattrapé et les patrons ont échangé quelques mots. Ils décidèrent de naviguer de conserve, mais le temps dérangea ce projet. Une nuit de tempête nous sépara du Groisillon que nous ne revîmes plus de la marée.

Pendant les quinze jours qui suivirent, nous eûmes tantôt du gros temps, tantôt du calme plat. Ce n'est que durant la dernière semaine que les conditions atmosphériques devinrent idéales pour la pêche. Malheureusement nous n'avons pas attrapé grand'chose et en fin de compte la pêche n'a pas été brillante. Nous avons rapporté un peu plus de 300 thons (gros et demis) et une cinquantaine de bonites. Il est vrai que bien des pinasses n'ont pas rapporté davantage – ce qui était pour elles assez désastreux.

Le retour a été marqué par un drame. Le jour

de la vente du poisson, Robert était introuvable. Ce n'est que dans l'après-midi que sa mère le découvrit pendu dans son grenier – et bien mort. Qu'est-ce qui a bien pu se passer dans la tête de ce pauvre Robert ? Il est vrai qu'il n'avait pas dessaoulé depuis l'instant où il avait touché la terre ferme.

Par la suite l'équipage devait encore perdre un homme. C'est Étienne qui a été noyé lors de l'expérience Bombard. (Comme tu l'auras sans doute appris par la presse, Bombard était venu faire une démonstration de son nouveau radeau ; celui-ci devait être remorqué au large par le canot de sauvetage d'Étel, dont Étienne était un des équipiers volontaires. Le moteur a calé, et le canot a chaviré sur la barre. Je n'étais pas à Étel ce jour-là, aussi il m'est difficile de t'en dire plus que les journaux...)

La dernière fois que j'ai vu l'équipage du *Prosper*, c'était à l'enterrement d'Étienne. Le vieux Félix était là ; il paraît bien remis et projette déjà de se rembarquer l'année prochaine. Mais il faut dire qu'en Bretagne les enterrements sont toujours suivis d'une certaine euphorie due aux libations en l'honneur du défunt...

DU MÊME AUTEUR

Les Propos sur la peinture du moine Citrouille-amère
IBHEC, Bruxelles, 1970
Hermann, 1984, 2000

La Forêt en feu :
Essai sur la culture et la politique chinoises
Hermann, 1983

Orwell ou l'Horreur de la politique
Hermann, 1984

La Mort de Napoléon
Hermann, 1986
et « Labor », n° 174

Les Habits neufs du président Mao :
Chronique de la révolution culturelle
Ivréa, 1987
et « Le Livre de poche », n° 4112

L'Humeur, l'Honneur, l'Horreur
Essais sur la culture et la politique chinoises
Robert Laffont, 1991

Essais sur la Chine
Robert Laffont « Bouquins », 1998

L'Ange et le Cachalot : essais
Seuil, 1998
et « Points Essais », n° 480

Les Deux Acrobates
Seuil Jeunesse, 1998

Protée et autres essais
prix Renaudot de l'Essai, 2001
Gallimard, 2001

Impression : Novoprint, à Barcelone
Dépôt légal : avril 2005. N° 65435-2
Imprimé en U.E